良玉不雕

江 宝 全 诗 选 集

江宝全◎著

人民日报出版社

北 京

图书在版编目（CIP）数据

良玉不雕 / 江宝全著 . -- 北京：人民日报出版社，
2021.1

ISBN 978-7-5115-6756-7

Ⅰ . ①良… Ⅱ . ①江… Ⅲ . ①诗集－中国－当代
Ⅳ . ① I227

中国版本图书馆 CIP 数据核字 (2020) 第 234055 号

书　　名：良玉不雕
作　　者：江宝全

出 版 人：刘华新
责任编辑：周海燕　白　羽
封面设计：墨航工作室

出版发行：人民日报出版社
社　　址：北京金台西路 2 号
邮政编码：100733
发行热线：（010）65369527　65369509　65369512　65369846
邮购热线：（010）65369530　65363527
编辑热线：（010）65369518
网　　址：www.peopledailypress.com
经　　销：新华书店
印　　刷：旭辉（天津）印刷有限公司

开　　本：880mm × 1230mm　1/32
字　　数：220 千字
印　　张：8.75
版　　次：2021 年 1 月第 1 版
印　　次：2021 年 1 月第 1 次印刷

书　　号：ISBN 978-7-5115-6756-7
定　　价：58.00 元

美玉不用雕琢，保持其天然的美，比喻本质好不凭借修饰外表。

——汉·扬雄《法言·寡见》

江宝全，1946 年 5 月 28 日出生，安徽和县人，是全国五一劳动奖章获得者，现为南京金箔控股集团董事局主席。

江宝全先生有较好的文艺才情和超群秉赋，在繁忙的工作之余，长期笔耕不辍，著有长篇小说《上金山》（2008 年作家出版社）、散文集《大江随笔》（2018 年人民日报出版社）、《想你的时候》（2001 年江苏文艺出版社）等作品。

其清新质朴和庄谐并用的文风，多年来受到读者欢迎，被称为企业家中的作家。现为江苏省作家协会会员。

▐▐▐ 目　录

第一辑　青青诗草

第二辑　触景生情

第三辑　澎湃时刻

第四辑　金箔之歌

第五辑　馈赠友朋

第六辑　门第家风

第七辑　生肖吉言

第八辑 遐思情愫

第九辑　歌唱家乡

金声玉振铸新辞

——喜读《良玉不雕：江宝全诗选集》

冯亦同

　　他是改革开放的弄潮儿，海内知名的企业家。经过五十多年不懈努力，他和他的工作团队带领广大职工乡亲们，创造了近一千七百多年金箔史上，举世瞩目的"金箔奇迹"。江宝全是全国五一劳动奖章获得者，还是个深接地气、非同凡响的文艺作家，出版过多部思想评论集、散文集、长篇小说，举办过个人作品朗诵会，不仅社会反响热烈，也赢得业界好评。眼前这部诗歌作品集，用作者的话来说，选自他"一直喜欢"又从未中断过的"自由诗、打油诗，还有顺口溜"，"可以看作我在工作生活中的劳动号子，是我带领金箔人一起发出合乎时代乐章的老百姓的诗歌"；"在这么多年艰难困苦的日子里，我能够不忘初心，砥砺奋进……诗歌一直在我的心中，真切的激荡，奋斗的豪情，是那样真实地激励我前进的步伐！"

我是江宝全诗歌创作的知情者和欣赏者。很长一段时间里，每当新年到来之际，我都会收到他印在贺年片上别开生面、喜气洋洋的"生肖诗"，试举两例：

　　人：你吃喝不挑，居住随便，可从来不吃里爬外，嫌穷爱富。狗：我赤条条来，光滑滑走，献的就是忠心，留的就是忠诚。人：你讲仁讲义，保主为家，却从来没提过条件待遇职务。狗：我忠于职守，勇于献身，图的就是信仰，讲的就是信誉！

——《狗年》

　　人：你整天蹦来蹦去的，上蹿下跳，图的是什么？猴：享受自由自在的生活，为了快乐，为了不变人。人：你两眼转来转去的，东张西望，想的是什么？猴：保持居安思危头脑，防止袭击，防止人变猴！

——《猴年》

　　如果说前一首"戌犬歌"，是拼搏奋斗者忠诚与信念的写照，后一首"申猴曲"所表现的"自由自在"与"东张西望"，"为了快乐不变人"和"居安思危、防止人变猴"，不仅惟妙惟肖、内蕴丰富，也充满了来自现实生活和群众智慧的调侃幽默、不拘一格的反讽和讥刺，换位思考的提醒与警示。这些精彩迭出又发人深省的隽语金句，无一不是他人生信条的折射和创业思想的闪光，与他近年来开设"大江讲堂"为新一代草根创业者们开课授业的"夫子自道"——"笔下流淌半世汤，千滚万沸熬成浆。送给后辈尝一尝，酸甜苦辣溢四方"（《为大江讲堂第一期班开学赋诗一首》）可谓一脉相承，有异曲同工之妙。

作为企业领导者、体制改革带头人，诗人江宝全既写《三坚颂》《四千赞》等大气磅礴的"鼓劲诗""加油诗"，旗帜鲜明地提倡"坚定不移跟党走，坚持不懈不回头，坚韧不拔勇走改革路"的三坚精神，热情洋溢地表扬在改革开放的征途上"踏遍千山万水，吃尽千辛万苦，用尽千方百计，说尽千言万语"争为市场经济当先锋的四千作风；又善于发现群众中的先进事迹和模范人物，心系工友们的喜乐荣哀与切身利益，在"真善美"的诗歌琴弦上，谱写出一首首同心同德齐创业、苦干实干奔小康的"金箔之歌"：《香妈妈》《凤妹儿》《改革的奉献》《远方的期盼》《老前辈》这类作品彰显的事业心和人情味俱足，朴实无华又细致入微。

从青青诗草到澎湃时刻，从触景生情到歌唱家乡，积极向上的时代精神、生动活泼的群众语汇、举重若轻的大匠风度，纵横交织成九个专辑中百十篇数千行的诗歌长卷，展现出诗集主人公、一个贫苦孤儿与奋发少年，在共和国风雨阳光与大潮涌动中锤炼成长、走向成功的人生故事。本诗集既有峥嵘岁月的留痕、一方热土的缩影，也是这位金箔古艺重光代表人物的"心灵史"和"情感史"。诗人笔下《南来的风》《我心中的伟人》《心中的偶像——陈庆绵》《哀牢山》《你与我》《一支金玫瑰》《老来伴——怀念前夫人王义芳》……这些真挚感人、酣畅淋漓的抒情诗，虽然题材有别，对象不同，但爱国之心的赤诚、男儿壮志的迸发、大丈夫的坚毅与柔肠，都会引起读者的共鸣。《想字诀》《醒字歌》《江宁是块热土》《南京人》《秦淮情怀》以及《孙家庄，中华大地一个不出名的地方》《长寿之龟——生命之友》《我家庭院梅花开了》《成功"三气"》《何为书法》等不同类型又引人入胜、耐人寻味的七彩诗章，同样留下了作者鲜明的创作风格，留上了其质朴明快、睿智敦厚、勤于思考又兼收并蓄的个人印记。

五十余载铿锵路，金声玉振铸新辞。古人用以钟发声、以磬收韵来形容和规范乐曲的自始至终、音律的和谐响亮，也以此称赞"志犹学海，业比登山"的有德之士、有为之人。我撰此文，衷心祝贺我的老朋友江宝全先生这部诗歌力作的荣耀问世，祝贺他的诗歌创作和他的事业、人生一样，犹如美好的乐曲，与时代共振，与民心交响。

2020 年 12 月 22 日于金陵台城之百杖斋

注：冯亦同，著名诗人，中国作协会员，文学创作一级作家。1941 年生于江苏宝应。1963 年毕业于南京师范大学中文系。著有诗集《相思豆荚》《紫金花》等、散文诗剧《朱自清之歌》、诗人传记《郭沫若》《徐志摩》等。作品曾获紫金山文学奖，江苏"五个一"工程奖等奖项。2014 年"12·13"首届国家公祭日《和平宣言》撰稿者。

序二

入我眼中都好诗

——欣读金箔集团江宝全主席《良玉不雕》
诗选集有感

刘跃进

　　久盼的全国知名企业家、江宁区地方企业"常青树"金箔集团江宝全主席创作的《良玉不雕》诗选集即将正式出版，我有缘在出版前认真学习拜读，不免击节赞叹。清代曾任江宁县令的袁枚也是著名诗人，他撰联曰"出人意表发奇论，入我眼中都好诗"。江主席的《良玉不雕》百首诗选集，若以"随园老人"袁枚此联来概括，我认为恰如其分，再好不过。

　　拜读完江宝全《良玉不雕》诗选集的九个专辑，正如他在《恭贺东山诗社十周年》的诗句里写的："写诗犹如干事业，干事业就是写诗！"那么，我就接着江宝全这句诗的下句"文如其人，诗如其人"来尝试欣赏学习。

　　苦难的童年，是江宝全奠定诗歌创作的贫瘠的土壤。在第一辑"青青诗草"里，作于20世纪那个特殊年代的《豇豆诗》

四句："一根豇豆吓死人，拿它一根做牛绳。要问豇豆有多长，一丈六尺加八寸。"这首诗读来朗朗上口，想象丰富，夸张浪漫。一方面是天资聪颖，出口成章，但是我们千万不要误读误解，另一方面这毕竟是江宝全12岁上小学5年级时，在老师以冒进浮夸的"三面红旗"的"大跃进"时代背景下硬性启发而作的，并不是他发自内心本意的表达。尤其是江宝全将其当作成绩向母亲述说，希望得到夸赞时，母亲的伤心和呵斥，我就抱以同样的难受和深深的理解。基于此，少年时代就为生活所迫，小学成绩优秀也不得不含泪放弃中学读书，被招工走进江宁县供销合作总社工作，凭着聪慧被领导留在身边当通讯员的江宝全，就已经转向现实主义的格调了。看似"扫扫地，打打水；喊喊人，跑跑腿"是老百姓的顺口溜，却是16岁少年江宝全独立走进社会，以勤奋的工作和独立的思想，在掌控语言和初创诗歌方面良好的启端，这为他此后诗歌创作的不断提升奠定了坚实的基础。

奋斗的过程，一声声的"劳动号子"成为"干事业就是写诗"。江宝全不但一步步事业有成，也写出了一首首富有思想哲理、树立金箔精神、合乎时代乐章的诗歌。有"触景生情"，有"澎湃时刻"，赏读几首，如作于1989年7月的《无字碑》诗"一抔黄土镶乾陵，一对石片竖两边。有字仅是开头语，无字才是绝世篇。"这首诗熟练地运用了中国传统诗词中古风的格式，更让人啧啧称赞的是，后两句对唐朝乾陵众多皇陵中女皇武则天为自己树的"无字碑"的表述，其已经是站在历史的高度给予的哲理性评价。作于 1993 年 5 月的《游庐山》诗"名山名人名事多，匡庐相斗为哪何？湖光山色依旧在，不如洞宾唱傻歌。"庐山众所周知，古往名人名事的故事已经够多，直到近现代也是民国时期和新中国后的政治重要之地。洞宾是道教八仙之吕洞宾，在庐山仙人洞得道成仙而成名。知道关于庐山古往今来的故事，尤其是 1993 年金箔集团创业发展顶住外界种种压力，"金箔梁山聚好汉"的时代背景，再来理解江宝全这首《游庐山》，就知道江宝全创作的心态历程了：金箔集团遇到再大的外界压力，也会如庐山一样"湖光山色依旧在"，面对外界各种各样的对他的议论甚至是非议，更是不过多去说明解释，而是"不如洞宾唱傻歌"。再看作于 2016 年 7 月的《首进国家大剧院》新体诗"作为大中国 / 不能没有大剧院 / 文化是根 / 根深才能叶茂 / 才能上演九百六十万平方公里的时代和历史的大剧"。时代已经证明，正是在金箔集团江宝全主席的运筹帷幄下，金箔集团全体上下在中国的大地上，演出了一场史诗般的大剧。干事业就是写诗，是写气势恢宏的史诗！

宽博的胸怀，是江宝全诗歌创作提升并产生积极影响的人格魅力。一方面高度的浪漫主义与现实主义相结合，有李、杜之诗境；另一方面又以社会各层都能理解接受赞美的效果而难能可贵，得到诗歌界和社会各界的高度评价。他写的"生肖吉言"中，以十二生肖动物的优缺点，拟人化地歌颂真善美，鞭挞假丑恶，如《虎年》，"人：称你为王，其实你在笼中多，在山上少！虎：说我有威，其实别人用的多，自用的少！人：你虽有三招，总觉得有你不多，无你不少！虎：我直到死后，方知我浑身是宝，而且嫌少"。还有对鼠的"世界需要大，世界也需小"，对牛的"埋头苦干，任劳任怨，为何如此"，对狗的"我赤条条来，光滑滑走，献的就是忠心，留的就是忠诚"等等，真的是"出人意表发奇论"，直抒胸臆论社会。这类诗的格局已经不俗，特别是在"澎湃时刻"中多首诗歌更是大格局大境界。《南来的风》《改革开放的带头人》等，"门开了／风来了／改革了／开放了／中华大地／到处喜盈盈／我的梦被惊醒了／我的心被牵动了／我欲腾云驾雾／乘风出征程／拼搏……／战斗……／竞争……／努力创造那／崭新的人生"。只有政治家的胸襟、企业家的气魄、新时代诗人的综合素质，才能创作出这样具有鲜明时代特色的诗歌。

奉献的丰功，铸就了金箔集团事业的辉煌，谱写提炼出金箔集团不朽的精神。江宝全这部《良玉不雕》诗选集，本身就是以金箔集团的发展为重中之重。在一至九辑中，除第一辑"青青诗草"和第九辑"歌唱家乡"，其他均较全面地反映出江宝全对金箔集团从龙潭濒临倒闭的打制金箔手工作坊，到今天成功发展成金箔集团企业的一腔热血和深切情怀。在"金箔之歌"中，看看每首诗的诗名《古艺奇葩》《金箔之歌》《江宁有个金箔厂》《金箔精神显威风》《金山颂》，以及反映企业创业精神的《三坚颂》《四千赞》，还有赞诵企业员工的《香妈妈》《凤妹儿》等等，"金箔人，愿与民族共存亡／金箔人，誓与国家同命运"，无不凝聚成金箔集团文化精神，从而团结起集团干部员工奋发有为，始终向前。金箔精神，已经是金箔人"奋斗的力量源泉／前进的步伐永不停"。

真挚的情感，是江宝全以诗对家国情怀抒发心语，表达感恩、感动、感谢的心灵窗口。无论是对家中亲人孩子们，对家乡父老乡亲们，还是对尊重的老领导，对金箔集团的一同创业者到每一位员工，对原化肥厂的老同事，以及社会精英和各界的老朋友，都有诗歌表露心声。对相濡以沫因病早逝的前夫人王义芳的深情痛惜哀悼《老来伴——怀念前夫人王义芳》读来无不令人动容。《江门家风——示儿》八句概括述说自己一生艰辛的努力，交代江楠与江山兄弟两位要"不图家产千万金，只愿南山志不颓"。而对晚年"有情人终成眷属"走进手术室始终照护自己的现任妻子冯桂玉，也以真心的散文诗《一支金玫瑰》献上。不忘家乡的《孙家庄，中华大地一个不出名的地方》《过新年了》，以及对叔叔领江宝全来到江宁湖熟的情义，也反映在《清明祭祖——江氏墓地》《我家庭院梅花开了》等诗篇里了。而《老前辈》《心中的偶像——陈庆绵》《哀牢山》《因为你属牛——致年广久》《献给化肥厂元老的歌》《秦淮情怀》等诗，则是江宝全对革命老前辈的尊敬，对在改革开放前沿有推动影响者的钦佩，对昔日风雨同舟兄弟姐妹们的岁月情谊，对社会各界有识之士给予过的关心支持的没齿不忘。

战国时期孟子言"故天将降大任于斯人也，必先苦其心志，劳其筋骨，饿其体肤，空乏其身，行拂乱其所为，所以动心忍性，曾益其所不能。"江宝全苦难的童年、奋斗的过程、宽博的胸怀、奉献的丰功、真挚的情感，使得这部《良玉不雕》诗选集耐人寻味，拜读不忍放下。我虽然有以上拜读后的感受，然因思想境界与诗歌创作能力与以上诗歌客观的限制，只是蜻蜓点水般的浅显而达不到应有的高度。好在有著名诗人冯亦同等诸位老师已经给予可圈可点的高度中肯的评价，拜读也是我欣赏学习的一次极好的机会。

　　　　　　　　刘跃进，2020 年 12 月 19 日于万欣翠园

我一直喜欢打油诗

这本集子哪叫诗选集？分明是本打油诗、顺口溜集。

我从小时候到现在，一直喜欢打油诗。不分场合，不分年代，不分时间，我都喜欢有感而发，信手拈来。时间一长，便有了本集子。

1958年全国搞"大跃进"，到处都是浪漫主义自由诗。那时，我上小学五年级，老师在课堂上指名道姓启发我们小娃写"大跃进"的诗。记得我当时即写了首关于"豇豆"的顺口溜："一根豇豆吓死人，拿它一根做牛绳，要问豇豆有多长？一丈六尺加八寸"。老师和同学们都说好，有内行人讲我这首不是顺口溜，是浪漫诗，用了夸张的手法，反映大跃进时的冒进和浮夸，写得确实好。当场还作了范本。可是，回到家后被妈妈大骂一顿，还甩了一个嘴巴：说我小名叫玉泉，清澈透底的泉水，没有污浊泥脏，怎么不说实话？一根豇豆只有尺把长，哪有一丈六尺加八寸？那时，我那么小，可能是环境的耳濡目染，还不懂得那一些。但从"豇豆诗"之后，我对诗歌有了持久偏爱。几十年不间断。

这本诗选集遴选了我多年来的自由诗、打油诗，还有顺口溜，近 200 首。谈不上什么诗韵、诗体，都是原汁原味不加修饰。

古人讲，诗歌来源于劳动号子和民歌，不合乐的叫诗，合乐的叫歌。这本诗歌集，可以看作是我在工作生活中的"劳动号子"，是我带领金箔人一起发出合乎时代乐章的老百姓的民歌。

20 世纪 50 年代，有一位作家叫胡万春。他的作品通俗易懂，白话，没有文学语言，被社会称为"工人作家"。如今，我也想学胡万春，所有作品都用口语白话，听起来顺耳，读起来顺口。这本《良玉不雕》就是口语化、大众化的诗选集。

诗言志。在党的领导下，我幸遇改革开放的好时代，年轻时，立志振兴金箔事业，奋斗几十年，并将一生献给了金箔事业。无论是在艰难困苦的创业日子里，还是在事业发展壮大、奋力拼搏的工作中，我能够不忘初心，砥砺奋进，拼出一番成功的事业，诗歌一直在我的心目中，是那样真切的激荡，奋斗的豪情，是那样真实地激励我前进的步伐！

如今，我已进入老年，在众多打油诗歌中，我选出这些言志之诗歌，辑集出版，以感恩我们的党和伟大的时代，感恩这些年在奋斗、苦斗、争斗路上，给予我各种力量的同志和朋友们！

励志的人生必有诗歌，愿您与壮志的诗情永远相随！

江宝全

2021 年元月 3 日

第一辑

青青诗草

一根豇豆

1958年出现"大跃进"，人们学古人，浪漫主义诗歌盛行。我那时上五年级，上课被老师启发，写了这首难忘的顺口溜。

一根豇豆吓死人，

拿它一根做牛绳；

要问豇豆有多长？

一丈六尺加八寸。

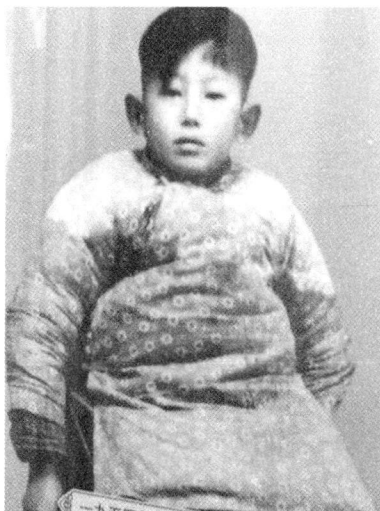

附：妈妈的一个巴掌

1958年，我12岁，已经上小学五年级了。那时候，我对当时的"大跃进"是什么根本搞不清，只知道到处是轰轰烈烈大炼钢铁、砌小高炉。开始，村干部将我父亲下鱼用的鱼叉、鱼钩都拿去炼钢铁，再后来每家都要交出一两口铁锅去炼钢铁，并说家家都不用烧饭，一律吃"共产饭"，即"大食堂"。

一天，上语文课，班主任老师（现在记不清是哪一位了）站在课堂上对我们说："同学们，现在这个年代，只要敢想敢干，什么人间奇迹都能创造出来。'人有多大胆，地有多大产'，我们学生也要敢想、敢说、敢为，学校要求每位学生作一首大跃进的打油诗。什么叫大跃进打油诗？就是在事实的基础上无限夸大，像古时候神话一样，发挥浪漫主义想象……"

老师说了半天，班上没有一个学生作得出来。这时候，班主任急了："江宝全，你平时的聪明哪去啦？今天怎么也作不出来了？"

不知是因为老师的点兵点将，还是被老师的言论所鼓舞，或是受大跃进的感染，就在一刹那间，我突然编了一段我一生都倒背如流的打油诗："一根豇豆吓死人，拿它一根做牛绳，要问豇豆有多长，一丈六尺加八寸。"我的打油诗一诵出，满堂顿时喧哗起来，老师再三打断学生的议论，说："江宝全同学写得很好，我们大家都应该像他这样想，这样写。"老师还把我的打油诗抄写在黑板上，作为范本。记得当时班上像炸开的油锅，热气腾腾的，有几个同学跟着也来了，什么"稻穗长得像狗尾巴""玉米长得像宝塔"等等,那一堂课上得真有意思。

黄昏,放学了。我连蹦带跳往家奔,受到老师表扬,我无比喜悦,还没进家门,老远就高喊:"妈妈!妈妈!今天老师表扬我啦!"妈妈连忙笑嘻嘻出来问:"什么事表扬你呀?"我立即将班上上课情况叙述一遍,又把打油诗背一遍。谁知,妈妈听后,脸上笑容立即收起来,顺手给我一个巴掌,打得我火辣辣的痛,我先是一阵莫名其妙,随即哇哇哭起来了。

"你知道你叫什么名字吗(我小名叫玉泉)?家里请人给你起'玉泉'这个名字,就是要你'像玉一样洁白无瑕,像泉水一样清澈透底',说话办事想问题不要掺假。一根豇豆只有尺把长,哪有一丈六尺长?我明天倒要问问老师,为什么把小伢教坏了!"妈妈像连珠炮似的一半对我发火,一半对老师生气,说着说着,妈妈自己也呜咽起来。

我是独子,在我的记忆里,妈妈从来不打我,特别是1956年爸爸去世以后,妈妈更是将我当她的命根子,越发疼爱无比。就是这一个巴掌,像烙印一样,我永远忘不了,一直到现在。我之后养成了说话比较直、比较真、办事比较实的品格,我想,可能与妈妈这一巴掌有关。

通讯员

1962 年元月我参加工作，在江宁县东山供销社。因我个子还够不着柜子，只得分配在领导身边当通讯员。有人问我每天干什么事？于是，我作了首顺口溜说我专职干杂事：1. 打扫领导办公室；2. 每天到将近二里路远的老虎灶上打十几瓶水；3. 领导找下面讲话，替他们叫人；4. 到各分社送通知和信件。

扫扫地，

打打水。

喊喊人，

跑跑腿。

——1962 年元月

文书

　　1963 年，我工作第二年，由于我能吃苦耐劳，满腔热情，领导便将我工作提升了下。工作内容我又总结了这几点：1. 打扫卫生不变；2. 可以张贴通知、海报什么的；3. 文书工作，收收发发文件；4. 陪来访客人聊天。

<blockquote>
扫扫抹抹，
收收发发。
浆糊沓沓，
来人呱呱。
</blockquote>

——1963 年

打扫卫生之歌

我 1982 年 6 月至 1983 年 10 月在化肥厂任劳动服务公司经理，带领几名清洁工，将化肥厂环境卫生打扫得干干净净。

马路天天扫，
垃圾天天清。
阴沟天天通，
厕所天天冲。

——1982 年 6 月

青年时想法

1967 年，去南京玩，拍了一张照片，在背后题了这首打油诗。

站高点，

看远点，

乘风破浪，永远向前！

笑吧，

不要抽泣；

看准，

须作努力！

努力，

下定决心，

去争取胜利！

——1967 年 10 月

好一个"搏"字

改革开放早期，在南方听到这样一句话："搏一搏，自行车变摩托。"后来，又在南方听到这样一句话："再搏一搏，摩托变福特。"

好一个"搏"字，搏斗，拼搏，

开门见山，气势如虹，擂响战鼓。

只要搏一搏，立马有收获。

搏一搏，搏一搏，

经济就搞活。

闯一闯，创一创，

家庭穷变富，

日子就幸福。

因此我奉劝年轻人，

要想不再穷，搏一搏，

要想不再哭，搏一搏，

要想有新屋，搏一搏，

要想走出国，搏一搏，

要想好生活，搏一搏。

——2016 年 2 月 27 日

瓦工

1971 年，我常被县里工业局、公交党委、人武部、县政府县委借调去写文稿。这中间发现建筑工人最吃香。

小瓦刀一夹，

一天一块八，

香烟老酒直拔。

吃起饭来，

有鱼，又有鸭！

——1971 年

酒肉朋友聚会

20世纪70年代，开后门拉关系，不正之风时有发生。

筷子一笃，
满满一桌。
筷子一响，
吃的吃，抢的抢。
筷子一丢，
跑的跑，溜的溜！

——1975年

打麻将

1983 年，我调到金箔厂，金箔艺人们业余生活单调，我就下决心要办好金箔厂。"歪歪倒"是搓麻将中规则名称。

下了班，
无处跑，
只好摸摸歪歪倒！

——1983 年

都说化肥厂好

1964 年 10 月，江宁县要办小化肥厂，员工从全县各行各业抽调，我是当时抽调的 200 多人之一。

人人那个都说，
化肥厂好。
化肥厂那个厂咪，
三班倒。
白班好过哎，
大夜班，难熬！
小夜班那个班哎，
两头好！

——1965 年

税务之歌

——为税务干部而作

　　1992 年，我的一个朋友在税务局任职，应邀为他们作了一首《税务之歌》自由诗。

　　　　我是一名人民的税务官员，

　　　　我为人民尽义务，

　　　　我为祖国收财源。

　　　　庄严的帽徽，金光闪闪；

　　　　工农的肩章，担在两边。

　　　　这是我最爱的职业，

　　　　这是我多年的夙愿；

　　　　啊，

　　　　这是国家的嘱托，

　　　　这是光荣的重担。

　　　　当我挎着公文包，携着铁算盘，

　　　　出现在商场，出现在宾馆，

　　　　出现在海船，出现在道关，

　　　　出现在集体的工厂，

　　　　出现在个体的摊贩，

出现在一切需要纳税者的面前，（后来发展到上门
纳税）

我感到无比的光荣自豪，

我感到格外舒情坦然。

伟大的祖国，铁打的江山，

幸福的人民，美丽的家园，

四化建设的加快，改革方案的实现，

包含我们收聚的财源，

蕴藏我们辛勤的血汗。

我是一名人民的税务官员，

我为人民尽义务，

我为祖国收财源。

来自人民，取之于民，用之于民，

党的教导我时时刻刻记心间。

中华人民共和国的税法，

要通过我们孜孜不倦地宣传；

国家帮扶纳税人的政策，

要通过我们实打实地体现。

偷税、漏税、逃税、避税，

我执法如山，不讲情面；

放水养鱼、养鸡产蛋，

振兴经济、发展生产、培育税源，

该扶持的扶持，该减免的减免。

我是一滴永远不停流淌的血液，

把国家的利益、税源的命运紧紧相联。

庄严的帽徽，金光闪闪，

工农的肩章，担在两边。

啊！光荣而自豪的人民税务官员啊，

这是我最爱的职业，

这是我多年的夙愿，

我愿为你奉献青春，奋斗一生，

再苦再累心也甜！

——1992 年 4 月 5 日

迎接改革开放的顺口溜
之一

照搬照套的"口若悬河",

不如求实创新的"信口开河"。

——1984 年

迎接改革开放的顺口溜
之二

改革承包,

绝不是赶快多捞,

放手放权,

绝不是趁机捞钱。

——1984 年

迎接改革开放的顺口溜

之三

解放思想，

绝不是胡思乱想，

改革开放，

绝不是使人上当。

——1984 年

迎接改革开放的顺口溜

之四

面对改革，社会上普遍态度是：

等：等中央下文件，

等领导下指示，

等政府给政策，

等人家先搞出来再说；

怨：怨环境、气候、条件不利，

怨资金、人才、电力不足，

怨领导不支持，

怨班子不配合，

怨群众不争气，

我们厂的态度是：

既不等，也不怨，

敢于开拓，勇于创新，

闯出一条适合自己的路。

——1984 年

迎接改革开放的顺口溜
之五

没有理论的实践是盲目的实践，
没有实践的理论是空头的理论。

——1985 年

迎接改革开放的顺口溜
之六

有些人，

看到个体户，

想当万元户，

实在憋不住，

辞职闯新路。

——1985 年

迎接改革开放的顺口溜

之七

不能搞承包年把年，

手上捞几个钱，

管他来年不来年。

承包真不丑，

但不能每天都喝酒。

——1985 年

迎接改革开放的顺口溜

之八

企业建立总厂管分厂，

化整为零，分而治之；

东方不亮西方亮，

黑了南方有北方。

——1984 年

迎接改革开放的顺口溜

之九

当干部必须要有"三历"：

学历、阅历、经历。

——1984 年

迎接改革开放的顺口溜

之十

来了客人，

到了饭点，

吃点饭怕什么？

不能到了中午十一点半，

叫客人好好走。

欢迎下次再来！

下次鬼来？

在我们厂，

就要——

来了就吃饭，

吃过饭再谈判。

——1984 年

饭桌上的顺口溜
之一

为了江宁，

不喝不行；

为了金箔，

不得不喝。

——1984 年

饭桌上的顺口溜
之二

有人说现在社会上是，

一级糊一级，

下级糊上级，

我们厂却要，

一级更比一级严，

一直严到江宝全。

——1984 年

饭桌上的顺口溜
之三

吃饭不干事，
平安无事；
吃饭想干事，
事事有事。
两事选哪事？
我要干事。

——1983 年

饭桌上的顺口溜
之四

人家乌纱帽是戴在头上干的，
我的乌纱帽是抓在手上干的。

——1985 年

饭桌上的顺口溜

之五

我厂进人原则是：

是人才不受限制；

是关系严格控制。

在我们厂当干部都要有本事：

有本事管人家，

无本事受人管。

——1985 年

饭桌上的顺口溜

之六

为什么叫你下台？

不是努力不够，

而是能力不够。

——1985 年

我办厂有三条经验

一边干，一边吃，

不能光干不吃，也不能光吃不干；

一边干，一边吹，

不能光干不吹，也不能光吹不干；

一边干，一边管，

不能光干不管，也不能光管不干。

——1986 年

步调一致

企业经营管理中，我强调步调一致。

> 各吹各的号，
> 都是一个调；
> 不是一个调，
> 请你往边靠。

——1987 年

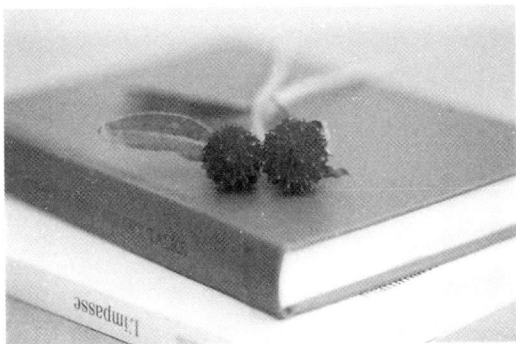

神奇的金箔
之一

江宁金箔，
名扬全国。
金字招牌，
豪华气派。

——1985 年

神奇的金箔
之二

江宁金箔，
国家金奖。
金字招牌，
豪华气派。

——1987 年

神奇的金箔

之三

金碧辉煌缘何处?
锦上添花唯我家。

——1987 年

企业管理顺口溜
之一

办好一个企业，

三条不能差；

一个好领导，

一个好产品，

一套好方法。

——1987 年

企业管理顺口溜
之二

产品开发像吃南京咸水鸭，

嘴上吃着第一块，

筷子上夹着第二块，

眼里看着第三块，

脑子里想着第四块。

XX 爱吃鸭，两块一起夹，

嘴中吃未停，眼中在侦察。

——1987 年

企业管理顺口溜

之三

变化创新就像汽车更新，

七十年代，坐上拖拉机，脸上笑嘻嘻，

有个双排座，个个抢着坐；

乘上"701"，心中乐陶陶，

八十年代，换了小面包，看到熟人手直招；

九十年代，坐个"波罗乃兹"，

感到不太来斯，

买一台"奥迪"，还觉得不怎么滴，

坐上"奔驰""皇冠"，心中才恬安。

——1989 年

注：引号内的文字是汽车品牌。

调侃厂长经理

（一）

不要看厂长经理表面上财大气粗，

其实，

厂长经理也真辛苦，

白天忙得糊里糊涂，

晚上上床就打呼噜，

爱人在旁边气得阿扑阿扑。

——1993 年 9 月

调侃厂长经理

（二）

20世纪90年代，社会上有种说法：厂长经理是二等公民。

二等公民搞承包，

吃喝玩乐都报销，

不知我们一天忙到晚，

累得吃不消。

——1993年9月

调侃厂长经理

（三）

一、二、三、四、五，

爱人随我在厂里怎么舞；

星期六，陪家属，

星期天，陪全家聊半天。

——1986 年

祝金宝宝茁壮成长十五年

金箔企业在幼教领域也有了尝试。自 1999 年起先后办了八所取名金宝宝的幼教机构，2014 年 6 月作者为金宝宝十五周年撰写一副贺词。

成功立足幼教之林

努力攀登幼教之巅

——2014 年 6 月

贺金箔集团改革开放三十周年

2013 年 11 月金箔集团召开改革开放三十周年庆祝大会，作者激动之余撰写了这首自由诗；金箔集团厂址原是坟堆。

改革开放三十年，
难忘岁月在眼前。
千辛万苦早忘记，
泪洒坟堆创奇迹。
昔日手工小作坊，
今朝金山红似血。

注：典出毛主席的"雄关漫道真如铁，而今迈步从头越。从头越，苍山如海，残阳如血"。此处表达作者坚定不移的改革决心。

苦斗金箔三十三年

迎新年，庆新春

喜看金猴舞金棒

在这美好的时光里

我哪儿也没去，仍旧——

驻足在金箔集团这块小天地

自我陶醉，自我欣赏

望着雄伟的金箔故乡纪念碑

我不知道自己是欢乐还是伤悲

三十三年啊，我在这里闯荡、冲撞

当年这里不远就是火葬场

如今世界最大的金箔生产基地

中国金箔的故乡

就坐落在这个地方

不远的那幢不起眼的小四楼

那可是我演戏的地方

三十三年啊，我在这儿当演员

我在这儿为企业化着妆

不断攀登着"金山峰"，开辟着"金山路"

直到黑发变成了雪霜

如今总算卖个好票房

再看那——

一块丛人墙顶的广告牌

正在通报着过年的新气象

金元宝

猴年吉祥，祝福掀起辖下金元宝的阵阵热浪

江宁第一家中华餐饮名店

看看我站在灶台上的模样

企图让人们相信，我不仅是位地道的老厂长

同样是位称职的厨师长

三十三年啊，上帝没有亏待我们

赐给我们一尊巧夺天工金元宝

端端正正置放在酒店堂中央

这是三十多年来的艰苦奋斗

换回来的一个红包大奖状

自家的天地，自己的作品

犹如自家的子女

怎么看也觉得心情舒畅，眼睛发亮

三十三年啊

看了又看，望了又望

即使走遍天涯海角，还是觉得——

自家的花园花香

自家的世界漂亮

自家的家人和睦

自家歌声振四方

厉兵秣马再战四十年

百年名企更强壮

——2016 年 2 月 8 日

那会儿

每一个时期，都有一些社会上时髦，一回首，不经意间看见好几个"那会儿"的热潮。

（一）

60 年代那会儿，

社会流行"工业学大庆、农业学大寨"，

我在工业战线，

所以学大庆：

做老实人，

说老实话，

办老实事。

"三老四严"练功夫。

我真的做到了"三不提"：

从不提职务高低、待遇多少、条件好坏。

结果：

四年后我第一个入了党，

第一位"以工代干"，

后又成了厂里中层骨干。

我很高兴，

也很努力，

一下子在工厂苦干了二十年。

厂里类似我这样的人很多，

所以在当地效益最好……

（二）

1984 年那会儿，

社会流行"文凭热"，

许多人追求文凭，

包括花钱买文凭，

我因为"生产工作当骨干，文化学习靠边站……"

结果：

上级用人一切凭文凭，

将我逐步当废品，

那年，

厂里调整领导班子，

因为无文凭，

虽然能力够，

但也不能在"营级"企业任职，

只能平调至一个"连级"企业任职。

这个连级企业原来资不抵债，

征求意见，

谁都不愿去，

到我是"组织决定"。

（三）

90 年代后期那会儿，

社会流行"改革开放热"，

什么"清华，北大，只要胆子大，敢闯敢干"（王健林语）

我被逼上梁山，

只能天不怕，地不怕，

戴着"三不"帽子闯天下，

（即不正规，不听话，不上路）

结果：

我领导的企业起死回生，

由小变大、由弱变强。

上级还硬要对我这个企业进行"招安"，

升格为"营级"企业。

不仅如此，

还要我兼并两个当地老大难企业，

我兼任了三个企业党委书记、董事长、总经理。

上级不再说我"无文凭"……

（四）

二十一世纪头十年，

社会流行"大众创业、万众创新"，

我因创办了大小几十家企业，

被当地誉为"创业导师"，

不少想创业、正创业者，

喜欢我、吹捧我、追随我，

其中不乏本科生、研究生。

结果：

我怕名不符实，

整天叨着居安思危"醒字歌"：

做人要做好，

醒字最重要。

褒时不飘飘，

诽时莫躺倒。

功时忌狂傲，

过时快检讨。

穷时不丧志，

富时不称豪！

七十多岁了，

我还在创业路上……

——2017.4.20

第二辑

触景生情

游庐山

1993 年，我们在江西庐山举行招牌公司会议。相传庐山原住两户人家，姓庐与姓匡的，后两家争斗，庐打败了匡，故叫庐山。

名山名人名事多，
匡庐相斗为哪何？
湖光山色依旧在，
不如洞宾唱傻歌。

——1993 年 5 月

秦始皇陵墓

1989 年，我去陕西西安，秦始皇陵边，抚今追昔，思绪万千；写下几句。留作记忆。

> 一觉就是两千年，
> 千呼万唤不露面。
> 不管你们打和闹，
> 反正都在我身边。

——1989 年 7 月

贵妃墓

1989 年，我去陕西西安，专去杨贵妃墓。

马嵬坡下杨贵妃，
修行养道泪满面。
早知今日悲伤恨，
何必当初逼梅妃。

——1989 年 7 月

霸王祠题诗

　　我老乡书画家范以晨和中国草圣林散之皆为安徽乌江人。他自筹资金，捐建乌江霸王祠碑林，精选了全国著名大家作品。以晨示我撰写一幅。

　　　　说写歌唱楚霸王，
　　　　功过褒贬各相当。
　　　　惜惋慨憾四字经，
　　　　念到何时能消亡？

　　　　　　　　　　　　　　——1994 年

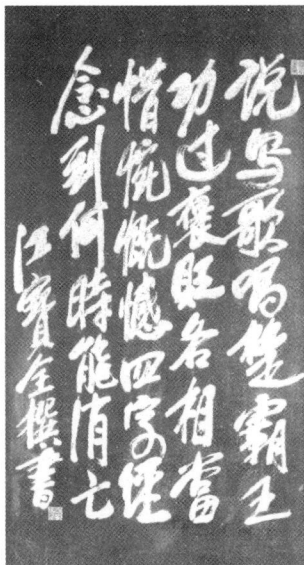

无字碑

1989 年，我去陕西西安，途径乾陵墓，专写两首无字碑顺口溜。

（一）

是功？是过？

乾陵墓。

是对？是错？

无字碑。

一人引来万代侃，

除了女皇还有谁？

（二）

一抔黄土镶乾陵，

一对石片竖两边。

有字仅是开头语，

无字才是绝世篇。

游居黄山有感

2011 年 6 月 4 日，我随江苏安徽商会会长张桂平去安徽黄山，晚上入住黄山市雨润集团黄山高尔夫酒店。这边风景旎丽，环境幽美。酒店外面却全是当地贫民窟。

> 住在黄山高尔夫，
> 心旷神怡真舒服。
> 美景仙境同天地，
> 穷人富豪一墙隔。

在神州号豪华游轮上

2016 年，我随中国企业家（民营）去厦门乘坐游轮，本决定去韩国济州岛，后因韩国内部有乱，改去日本横滨。初识蔡先培先生。

他去年 79 岁，
还开飞机，驾快艇，骑马，打网球，
与鱼儿一块畅游大海，
同是去年，他开车时发生脑梗中风……
一度起不来！
如今已经站起来，坐轮椅参加，
中国企业家合伙人会议，
好一个大气派！
他准备办一个百岁俱乐部，
发明一套延年益寿系统，
像裴多菲俱乐部那样，
向大街小巷发行激情似火的诗歌，
真的豪情满怀！
在神州号豪华游轮上，
"博洛尼"创始人，
听蔡先培讲故事，

忘记了颠簸的海浪和岛屿，仿佛置身于，

生命之树常青的原始森林界！

——2016 年 10 月 17 日

冲绳岛一瞥

2016 年，我随中国企业家（民营）去厦门乘坐游轮，本决定去韩国济州岛，后因韩国内部有乱，改为去日本横滨冲绳岛。

天空是蓝色的
海水是蓝色的
云朵是白色的
这，似乎没啥好写的
可是一个问号随风飘来
白像白
蓝像蓝
这大自然的美丽
不好吗

——2016 年 10 月 16 日

首进国家大剧院

首都人民大会堂西边不远处新建了一个似大锅样的国家大剧院。社会上议论纷纷，我身临其境，有所感悟。

多少年沸沸扬扬

今天亲临现场

欣赏百年学校慈善音乐会

身临其境

心情无比激荡

国家级档次雄伟、磅礴、壮观

值得欣赏

议论当前

意在今后

作为大中国

不能没有大剧场

文化是根

根深才能叶茂

才能上演九百六十万平方公里的

时代和历史的伟大理想

—— 2016 年 7 月 7 日

再游印度泰姬陵

2015 年，我随中国企业家（民营）代表团参加印度经济发展大会，会后参观。

世界七大奇观

六百多年前的建筑艺术

在东方闪耀光芒

十多年前曾经来过

如今人流如潮

我像看望一个久违的故人

—— 2015 年 12 月 10 日

朝思暮想游桂林

桂林山水甲天下。我儿时便朝思暮想，想去桂林。20世纪90年代，如愿以偿，故用朝思暮想做首藏头诗。

朝乘东风落杨堤，
思念漓江水澈底。
暮离阳朔复回首，
想吞桂林千峰奇。

—— 2015 年 12 月 10 日

首次赴昆明

1988 年，我们企业新开发出香烟产品——金拉线。首次去昆明推销，被安排吃云南特产米线并游玩云南风景区石林西山。

四碗米线负盛名，
季节宜人情更深。
如今石林西山景，
春城处处赛桂林。

——1988 年

再游扬中

1968 年 –1971 年，江宁还是镇江行政管辖。我被选借到当时的《红镇江报》当编辑记者，后被任命为言论组副组长。扬中是镇江管辖的一个县，当时我常去。二十世纪九十年代，时过境迁，我又被友人邀请，去了扬中吃河豚鱼。

> 家家门前一片竹，
> 每日晚餐不离粥。
> 如今扬中昔非比，
> 卫星产品也敢做。

——1991 年

高淳固城湖水慢城

1996 年，高淳区固城湖水慢城建成，友人邀我去游观，确实壮观。

四千亩花海

争相斗艳

芦花散去的固城湖

更加辽阔壮观

迎来了世界的眼光

快节奏在这里变成舒缓的乐章

飞驰与奔突

在这里静泊，获得了休整

时间有时候需要

行走得慢一些

那是为了谋划明天的风云

为了未来的新长征

高淳，把昔日的偏僻

当成了营销的优势

高淳人，以慢打快

玩得都是大手笔

—— 2016 年 10 月 9 日

响洪甸湖风景区

2016 年，受安徽金寨县领导邀请参观学习。过后，县里派人陪我们游览金寨响洪甸湖风景区，感觉很美。

比九寨沟美丽

比天目湖壮阔

800 平方公里水面烟波浩淼

26 亿立方水量蕴藏巨大能量

1700 平方公里山水

构成天仙境地的国度

30 万人口产生 10 万革命战士

全国产生将军最多的县

如今白波碧水

依然纯净，纯净到可以直接饮用

纯净到如同瑰丽的理想

和神圣的信仰

——2016 年 10 月 7 日

第三辑

澎湃时刻

党心就是这样的心

我是老党员

我问我自己

什么是党心

想想多年做的

大概就是这样的心

不管遇到什么情况——

对党的信仰坚定不移

无论什么场合——

从不说对党不利的话

无论遇到什么挫折打击——

坚定不移跟党走

对党的号召政策方针——

闻风而动雷厉风行贯彻执行

碰到有损党的形象、威信、利益的人和事——

针锋相对展开斗争

无论在什么岗位上——

用自己模范行动

千方百计做出显著成绩

时刻为党的发展巩固壮大——

出主意、想办法

用自己的人格力量——

带领更多的老百姓跟党走

立志永不叛党——

时刻准备为党牺牲一切

——1989 年 7 月

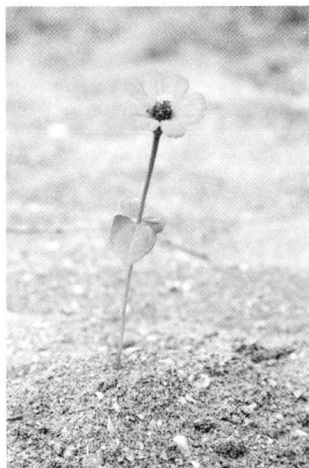

南来的风

1978 年，中国共产党召开了十一届三中全会，宣布国家实行改革开放。广东深圳为中国改革前沿。

自从妈妈打开了

南面的两扇门

家里就刮进来

阵阵南来的风

伴随着阳光

是那么五彩缤纷

夹带着歌声

是那么美妙动听

啊……

门开了

风来了

改革了

开放了

中华大地

到处喜盈盈

我的梦被惊醒了

我的心被牵动了

我欲腾云驾雾

乘风出征程

拼搏……

战斗……

竞争……

努力创造那

崭新的人生

——1989 年

改革开放的带头人

1978 年，中国共产党召开了举世闻名的十一届三中全会，宣布国家实行改革开放。广东深圳为中国改革前沿。邓小平被世人赞为中国改革开放的总设计师。

您是人民旗帜

指引着我们走在改革开放的大道上

破除迷信　解放思想

勇于创新　改革开放

跟着您　我们昂首阔步　斗志昂扬

您是人民号手

鼓舞着我们冲向改革前进的新战场

号声嘹亮　慷慨激昂

千山万险　敢冲敢上

跟着您　我们刀山火海　敢拼敢闯

您是人民舵手

把握着我们改革开放的前进方向

坚定信念　不迷航向

团结一心　乘风破浪

改革开放的带头人啊

跟着您　我们信心百倍　迎来胜利的曙光

——1988 年

我心中的伟人

说起来，

真是有点莫名。

您没见过我，

我没见过您，

可我对您那样地痴情，

那样地崇敬。

听到您的名字，

我就为之一振；

讲到您的故事，

我就热血沸腾；

读到您的理论，

我就慷慨激昂；

看到您的照片，

我就聚精会神。

我为中华大地拥有您这样的好儿子而感到自豪，

我为世界民族之林涌现您这样的伟人而感到光荣！

我曾怀疑自己这样是不是有点过分？

我曾暗示自己有没有必要这样钟情？

可是实在不能，

真的不能。

我经常出差在外，

也常走出国门，

从北走到南，

从西走到东，

高山在呼唤您的英名，

大海在歌颂您的丰功。

民众在评说千古英雄的功与过，

把您排在当代伟人前几名。

原来我的那点思念情，

只不过是神州大地

一个普通老百姓的心声。

您虽没有高大的身躯，

可您高瞻远瞩，博古通今，

能落能起，能屈能伸，

敢咤宇宙风云，

能写世界章程。

只有您才能担当撑起整个地球的重任。

您虽没有"资本论""矛盾论"，

可您却有自己独特的"理论"，

深入浅出，通俗易懂，

点拨戎场千军万马，

指导四化建设大军，

犹如我们黑暗路上一盏明灯。

博物院里，

保存着中国五千年发展史，

记载着唐、宋、元、明、清，

历代王朝皇帝的大名大姓，

但他们怎能与您比啊，

他们只是魂，

而您却是我们亿万人民心中的伟人！

离我们最近，最近。

您把我们这些从战争废墟中解放出来的劳苦大众们

带进了"希望的田野"；

您把我们这些从文革灾难的创伤中解救出来的人

带到了崭新世界的附近；

您使我们摆脱愚昧、摆脱落后、摆脱贫困，

您使我们知道外面世界是那样的精彩，

那样的迷人！

看如今，

我们深深懂得"贫穷不是社会主义"，

可当年，

我们怎么就信"越穷越革命"？

看如今，

我们万众一心搞"四化"建设，

可当年，

我们为什么一天到晚忙"斗争"；

看如今，

我们"改革开放""走出国门"，

可当年，

我们一听到"崇洋媚外"就胆战心惊？

看如今，

中国万里河山锦绣，虎跃龙腾，

十三亿中国人扬眉吐气，昂首挺胸，

这一切，还不都是因为有了您吗？

——当代伟人邓小平！

您在生命的最珍贵的那十几年中，

不顾八十多岁的高龄，

硬是力挽狂澜，奋不顾身，

将中国的乾坤扭转成顺时针，

将祖国的千疮百孔诊治得万紫千红，

就在百年耻辱即将被您亲手洗净，

香港马上就要回来的时候，

您却挥挥手，

带着微笑，

带着慈祥，

带着放心，

告别了欢呼的人群，

净净地飘入了茫茫的大海中。

您把幸福留给了我们，

您把富裕留给了我们，

您把香港留给了我们，

您把中国留给了我们，

当代伟人——邓小平！

我敬仰您，我崇拜您，我歌唱您，

我永远将您牢记在心中！

——1988 年

厂长经理你是谁

一个企业里

厂长经理你是谁——

你是一面旗帜

什么颜色

红旗还是黑旗

你就是象征

你又是一名号手

什么行动

冲锋号还是撤兵号

你就是号音

你又是一名舵手

什么航向

是左还是右

你就是指南

你又是一个火车头

什么马力

开向何处

你就是开足的蒸汽机

你还应是一块磁铁

具有强大的凝聚力

周围金属都要被你吸引

治国需要政治家

打仗需要军事家

演唱需要艺术家

发展经济需要大批企业家

企业家要有

军事家的指挥才能

思想家的分析能力

理论家的认识水平

还要有

经济家的头脑

政治家的风度

艺术家的表演技巧

你犹如

一个上台领奖的冠军

夺取冠军十分不易

你的担子千斤重

你的责任如大山

——1989 年 2 月 22 日

好厉害的浙江人

浙江是中国市场经济繁荣地之一。金箔控股改革开放之初，我几次带领干部们去浙江学习。有次乘火车回家，问身边几个人，才知浙江人。

我问你：
年关到了，
大家都回家过年，
你却往外赶，
干什么？
你回答：
春节好赚钱，
有钱天天可过年！

好厉害的浙江人
想在前头，
迈开脚步。
你们抢滩市场奋力拼搏，
奔忙在全世界
创新融汇把国际科技带回来。
好厉害的浙江人，
你们是
中国市场经济的带头人、排头兵。

——1990 年 10 月

心中的偶像——陈庆绵

　　1964 年—1983 年，我大部分时间在江宁化肥厂工作，当过工人、秘书、政工科科长、劳动服务公司经理。陈庆绵，一直在这个厂当厂长。后荣升县委副书记、县政府常务副县长。

　　　　陈庆绵——敬爱的老厂长，

　　　　正当我在那遥远的地方，

　　　　品尝着异国他乡各种滋味的时候，

　　　　却惊听您突发心肌梗塞猝然离世，

　　　　我的泪水顿时充满眼眶，

　　　　所有的兴致立刻一扫而光！

　　　　恨不能插上翅膀，

　　　　立即飞到您的身旁，

　　　　看一看您是否真的走了，

　　　　望一望您临走时到底是啥模样！

　　　　虽然我知道您早已离休在家，

　　　　年龄大了，早晚要走的，

　　　　可是，谁会想到，您走得竟是这样突然，

　　　　走得是这样的匆忙！

　　　　是不是您一生太累了，

想尽早找一个安静的地方，

好好地休养休养，

又深怕我们硬拉着拽着，不依不让，

所以您就不打招呼，没有声张，

说走就走，永不回头，让我们防不胜防；

是不是您见我们事务太多，工作太忙，

不想麻烦我们，不想拖累我们，

以便我们集中精力，办好工厂，

所以您就头一歪，手不抬，默默无语，

轻轻地倒在沙发上，

轻轻地回到原来的地方。

可是，您可知道，您这一走，

令我们这些了解您、懂得您的人是多么的悲伤？！

您这样不声不响地离去，

叫我们这些追随您多年的学生徒弟，

在情感上，精神上，心灵上的打击又怎么去估量？！

企业的事再小，也是大事，

个人的事再大，也是小事。

您一生身先士卒，处处树立榜样，

您已经用您的行动证实您的诺言，

哪怕最后到死的时候也和活着一个样！

人生到死有什么事情不好商量？

您与我们诀别了，麻烦一点又何妨？！

您真是两袖清风在人间，

廉洁奉公进天堂！

您真是我一生学习临摹的偶像，

社会一致公认的好厂长！

我深深地记得，

从一九六四年起，

您在当地一家最大的工厂，

当了十多年厂长。

三十多岁的您，

英俊潇洒，威风凛凛，

雄赳赳，气昂昂。

您像一面旗帜，立在工厂的中央，

鲜艳夺目，高高飘扬！

您似一座青铜铸成的雕像，

站在厂门口，

给员工们带来精神，带来力量；

您似一位威震四方的帅将，

深入到车间，

给员工们带来胜利，带来希望。

那里本来只是一个死人坟堆，

在您的带领下，

全厂员工艰苦奋斗，日夜奋战，

终于创造出奇迹，

洁白的化肥源源不断运往四面八方！

您的小家离大家近在咫尺，

可您却一个星期有六天吃住在工厂，

为工厂的事情日夜奔忙！

您的爱人孙华丽长期生病，

可您很少有时间侍候在她的身旁，

您的心中只装着"多产化肥，支援农业"，

自己家中天大的事也不放在心上！

您做起报告来，慷慨激昂，声音宏亮：

"成绩是巨大的！困难是存在的！

前途是无量的！道路是……"

一次又一次，您的音容笑貌豪言壮语，

在全厂职工心中激荡、激荡、再激荡！

成为广大职工力量的源泉，胜利的曙光！

您当了十几年厂长，

工厂在您的领导下，

一天比一天壮大，

一年比一年兴旺！

您用您的政绩，向党交了一份好答卷；

您用您的言行，为我们树立了一个光辉的榜样！

像您这样的好干部也有不公，

当然也有冤枉，

"文化大革命"中，您被打成"死不悔改的走资派"，

被关、被打、被押、被下放，

您在全厂最苦最累的拖煤场，

每天拖着板车，上上下下，

煤灰汗水使您像黑人一样，

可您像掉了毛的凤凰比鸡强，

从不气馁，从不彷徨！

终于能落能起，

"文化大革命"未结束，

您又撑起工厂的大梁，

将企业推向新的辉煌！

七十年代末期，中国大地改革开放尽朝晖，

一夜之间，您成了县委副书记，常务副县长，

更重的担子压在您身上，

您更加尽责尽力尽心，全身投在事业上，

恨不能一天二十四小时不睡觉，

为当地的经济建设献出全部力量！

在那段最重要的时期，

您为当地的各项事业做出了大量工作，

可您仍然没有一丝一毫为个人，

不许家庭沾一点光。

您没有利用手中权力，

让一双长大成人的儿女进入官场，

在政府机关当一个科长、局长，

而是让他们一个干个体户，一个在工厂；

也没有利用自己的关系网，

让子女亲戚开一个公司，搞点官商，

以备退下以后子孙们幸福百年长；

您也没有玩弄权术为自己捞点钱财，多搞几套住房，

以显得自己权势的风光！

直到死后，人们才知道您钱财空如洗，只有一套房改房；

您更没有滥用权力，培植亲信，结派拉帮，

让自己的老部下把持在关键的岗位上，

将来有朝一日让他们对您永不忘；

可能是长期担任厂长的本性难移，

您的老部下，成功的也在工厂，失败的也在工厂，

几乎没有一个去吃"皇粮"！

我也知道您不是不懂得那一套，

也不是无人找您去做那一套，

而是您说做人就像做人样，

做共产党的干部就应当树立好榜样！

敬爱的老厂长，

您活着的时候，我有时候也没有多想，

显得是那么平平常常，

当您今天离开我的时候，

我对您的一生前后一想，左右一想，正反一想，

越想，越觉得您生得高大，死得荣光，

越想，越觉得您思想闪光，品德高尚；

越想，越觉得您人才难得，可歌可扬！

您虽没有留下巨论鸿篇，

也没有建造丰碑牌坊，

您甚至什么都不想，

连临走的时候，给家人一句"遗嘱"也不讲，

恨不得只穿条短裤头，不想再多一件新衣裳，

就这样无声无息，平平常常，

退出人生的戏台舞场，

您只想用自己的实际行动，

塑造一个党的干部形象，

并向世人庄重宣告：我是一名老厂长！

其实您没有必要这样，

您越是这样不张不扬，

活着的人越是将您念想！

您早已用一生言行，

谱写了一首伟大的诗章：

不为金钱，不为自己，

只为理想！

敬爱的老厂长啊，

您已经安全顺当驶进了伟大理想的目的港！

您永远是我心中的偶像！

——2017 年 9 月 17 日

献给化肥厂元老的歌

一九六四年，
江宁上化肥。
二百零四人，
来自各条线。
有的是教师，
有的营业员，
有的是干部，
有的是职员。
芜湖去培训，
专学造化肥。
带队张诵九，
管理真是严。
建厂元老们，
个个争贡献。
回厂就开车，
一次就出肥。
书记沈锦霖，
厂长陈庆绵。
日夜战前线，
全县称第一。
化肥支农业，

乐死华子泉。
回想这段事，
再苦也觉甜。
心中乐滋滋，
脸上笑开颜。
风雨三十年，
青年变老年。
可歌又可泣，
高风真亮节。
不图名和利，
任劳又任怨。
这种好风尚，
多亏毛主席。
金箔江宝全，
其中一成员，
中途离化肥，
金箔创新业，
苦斗十五年，
创造好条件。
一心表心愿，
元老大团圆。
今日大聚会，
可惜难凑全。
有的退了休，

有的归了天，

有的调外面，

有的在待业。

东西南北中，

会面欲流泪。

我劝同志们，

大家想开点。

人生就是梦，

何必太伤悲。

既然来相会，

尽量开心点。

叙叙老友情，

谈谈苦与甜。

留盘录像带，

照张好照片。

作个小纪念，

传给下一辈。

——2000 年

注：1964 年，江宁要建化肥厂。员工从全县各行各业抽调。当时，从全县抽调了 204 名，作者系其中之一。2000 年，江宁化肥厂被金箔企业收购。作者为留旧情邀请建厂元老共聚。

因为你属牛——致年广久

年广久系安徽芜湖人。改革开放前后，以做炒葵花籽小本生意而闻名。

因为你属牛，
不怕汗水流。
一颗小瓜子，
炒得富滴油。
因为你属牛，
脾气犟如牛。
挨鞭算什么，
开拓不回头。
因为你属牛，
命运掌人手。
牛棚与牢房，
你都抛脑后。
因为你属牛，
天生待人厚。
有人要宰你，
时代将你留！
因为你属牛，

金牛捧在手。

吉祥如意时，

莫忘赠牛友……

——2017 年

哀牢山

第五次重上云南哀牢山，看望一个告别红塔山却依然如山挺立的大地的脊梁——褚时健，特作了这首打油诗。

他的顽强斗志、创业精神

乃是当代英雄

令无数创业家竞折腰

也是我的精神支柱

几乎每年收橙时节，我都会

寻机重登哀牢山，观褚橙庄园

漫山遍野，褚橙熟了

葱葱郁郁的橙树上，挂满金黄的果实

犹如湛蓝的天空，无数星星在闪烁

也似夜晚都市里无数的灯火

在书写耀眼的诗句

每次来，我分享收获的喜悦

反思自己的创业差距

激活自己创业的动力

学习褚老，用自己的生命谱写

一曲又一曲壮丽凯歌

——2016 年 11 月 17 日

你与我

——与年广久首次见面

你油头发光，

我白发苍苍。

你西装革履，

我随意简装。

你令我大吃一惊，

我让你大失所望。

你像归国华侨，

我仍是芜湖老乡。

你是昔日烘炒瓜子大王，

浑身臭汗流淌，

当年见你是头发顾不上梳理，

上身也用不着穿啥衣裳。

赤条条道道肌肉彰显力量，

娴熟的动作挥舞着手中"钢枪"！

你始终是我心中偶像，

膜拜你是我多年梦想。

昔日我是一个逃难孤儿，

60 年远离家乡，

在江南闯荡。

感谢伟大的改革开放，

使我成了"金箔大王"。

可如今我已体态臃肿，

看上去就不如你健康。

如今我见到你这等模样，

我有点尴尬不自然，

怕你笑我见面不懂尊重对方，

也希望你不必这样款待老江，

我与你都是安徽老乡，

你与我都是改革闯将，

我与你都在创业路上，

你是我的兄长，

我的学习榜样；

我是你的老弟，

你永远的老乡！

朴实无华是你我本色，

追求自然是我你真相，

希望下次金箔聚会，

你带着家乡泥土馨香让我闻，

我烧出家乡土菜供你尝；

叙着改革开放的故事，

聊着家乡变化的情况，

喝着家乡生产的美酒，

即使你我打着赤膊也无妨……

———2017 年

岳父岳母金婚纪念

　　我岳父叫王礼贤，是一位街道老领导，岳母叫茆丽茹，是一位老干部家属。他们一辈子恩爱如初。五十金婚时，我为他们写了这首顺口溜。

　　　　互敬互爱五十年，
　　　　夫唱妇随紧相连;
　　　　风雨飘摇志不移，
　　　　难得蔼茹王礼贤。

——1998 年 10 月 28 日

作者与前夫人王义芳

为窦天语先生撰写楹联

窦老是老牌大学生，原江苏机关报《新华日报》编辑，"文革"中被当作臭知识分子下放江宁，"文革"后恢复名誉在江宁县委宣传部工作。他文字功底深厚，中国楹联专家。全国多数寺庙都有他撰写的楹联，常去大学授课专讲楹联知识。他为别人写了一副又一副楹联，但是却无人为他本人撰写过楹联。为此，有一天，窦老过生日，我专为他写了这首楹联，送给他时，他很高兴。特地将他女儿窦蔓薇推荐与我认识。他女儿才学不浅，在南京市某报社任职。

瘪嘴残牙吐的尽是天语神话；
秃头银发藏的皆为地宝天豆。

——1989 年

恭贺王爱光老妈妈九十诞辰

　　王爱光是作者 50 多年的老朋友杜康宁的妈妈，对作者亲如己出，被作者称为"干妈"。

　　　　阳光普照，
　　　　爱光心善；
　　　　体健寿长，
　　　　献出毕生；
　　　　光爱杜门，
　　　　子孙满堂。

　　　　　　　　　　　　　——2004 年 9 月 17 日

恭贺王爱光老妈妈百年诞辰

不拜神仙不练拳，

不入官场不图钱；

只为杜门香火旺，

任劳任怨一百年。

——2014 年 9 月 17 日

恭贺朱秀芳九十大寿

朱门一秀姑，

从小入江户。

苦奔八十年，

终于熬出头。

子孙香火旺，

安居有新屋。

好人有好报，

眉展享清福。

姚东出高寿，

芳名扬湖熟。

——2016 年

注：1. 朱秀芳是作者婶母；2. "姚东"系湖熟街道地点，作者的第二故乡。

第四辑

金箔之歌

作者长期从事政治工作，擅长宣传，在企业任职 30 多年，为金箔艺术团写过不少歌词，皆被谱成曲咏唱。

古艺奇葩

啊……江宁金箔

啊……江宁金箔

传统古艺 已四海名扬

啊……四海名扬

亲爱的朋友 你可知道 你可知道 天安门城楼为什么金碧辉煌

故宫的金銮殿 为什么 为什么 龙凤呈祥 为什么龙凤呈祥

那是因为有了金箔的贴箔装潢 有了金箔的贴箔装潢

啊……江宁金箔

啊……江宁金箔

传统古艺 四海名扬

美化神州 为国争光 为国争光

啊……江宁金箔

啊……江宁金箔

中华一绝 灿烂辉煌 啊……灿烂辉煌

亲爱的朋友 你可知道 你可知道 大会堂的国徽为什么四射光芒

雍和宫的观音为什么 为什么珠气宝光

那是因为有了金箔的贴箔装潢 有了金箔的贴箔装潢

啊……江宁金箔

啊……江宁金箔

传统古艺 四海名扬

亲爱的朋友 你可知道 你可知道

金箔的工艺为什么源远流长

为什么源远流长

金箔人的神工为什么 为什么代代相传

啊……为什么代代相传

因为金箔人的心中有共同的理想

金箔人心中有共同的理想

啊……江宁金箔

啊……江宁金箔

传统古艺 四海名扬 美化神州 为国争光 为国争光

为国争光

啊……啊……

——1989 年

南京人

中华门城墙是我们的筋骨

紫金山巅峰是我们的脊梁

雨花台青松是我们的魂魄

古秦淮河水是我们的血浆

我们是自豪的南京人

哦……南京人

哦……南京人

不慌不忙不摇不晃不卑不亢不张不扬

自豪的南京人

中华门城墙是我们的筋骨

紫金山巅峰是我们的脊梁

雨花台青松是我们的魂魄

古秦淮河水是我们的血浆

我们是自豪的南京人

哦……南京人

哦……南京人

不慌不忙不摇不晃不卑不亢不张不扬

自豪的南京人 世世代代生活在长江下游两旁

历尽沧桑 朱元璋在这里建都当皇

饱尝风霜 洪秀全在这里封侯称王

遭受创伤 小日本在这里屠杀疯狂

胜利曙光 解放军在这里横渡长江

哦……南京人

哦……南京人

不慌不忙不摇不晃不卑不亢不张不扬

自豪的南京人

不管是天翻地覆　　还是那虎踞龙盘

南京人总是那么

不慌不忙不摇不晃不卑不亢不张不扬

任凭那滚滚的长江水

在水上不停地流淌

飞向大海　飞向大海　迎接那胜利的曙光

哦……南京人

哦……南京人

不慌不忙不摇不晃不卑不亢不张不扬

自豪的南京人　　嗨　南京人

——1989 年

改革的奉献

那一天爸爸为改革创业在远方出差

那一天妈妈为筹措资金正在银行求贷

他们的独生女小静静放学归来

冷锅冷灶　无饭无菜　无饭无菜

迎接她的竟然是一场灭顶之灾

一名歹徒手持锋利的菜刀凶神恶煞般地砍向小女孩

霎那间　霎那间

十多岁的美丽花蕾不再绽放

霎那间　霎那间

水灵灵的两只大眼睛不再睁开

哦…………

苍天在为你落泪

大地在为你致哀

苍天在为你落泪

大地在为你致哀

哦…………

改革的奉献

啊！…………

改革的奉献

扬子江水流淌着你们的心血

高山青松渗透着你们的情爱

这一天爸爸的改革事业取得了成功辉煌

这一天妈妈的敬业精神激励着同伴和后代

他们的独生女小静静却不再回来

孤苦伶仃　不声不响　不声不响

一个人静静地躺在另一个世界

再也享受不到改革的甜果

再也看不到改革开放的新世界

转眼间　转眼间

与改革开放同岁的女孩小静静

转眼间　转眼间

伴随着改革开放二十年

哦…………

苍天仍为你落泪

大地仍为你致哀

苍天仍为你落泪

大地仍为你致哀

哦…………

改革的奉献

哦…………

改革的奉献

享受着改革成果的人们啊

永远永远也不会把你们忘记

——1989 年

难忘的一九八三

1954 年 5 月，江宁县花园乡 64 名金箔艺人在政府倡导下，组成了江宁金箔锦线生产合作社。这是金箔集团前身。几十年下来，虽然有过辉煌，但到 1983 年时，企业资不抵债，固定资产 38 万元，企业负债 197 万元。在前后换了十多位领导无望的情况下，当地政府委派作者担任书记，杜恒金担任厂长。

难忘的一九八三年　长江发大水

江宁金箔全厂被吞淹

生产被迫停　工作乱成片

员工急得泪满面

呼天叫地直叹息

难忘的一九八三年　政府发文件

江宁金箔全厂被搬迁

手中没有钱　时间来不及

上下急得团团转

新厂四面是坟堆

难忘的一九八三年　金箔命运危

企业面临倒闭　人心聚不齐

班子不团结　歪风恶浪起

全厂员工切切盼

面貌何时能改变　何时能改变　何时能改变

——1989 年

金箔同仁堂　亲如一家人

几代北京同仁堂人，

几代金陵金箔人，

相聚北京，

共同畅叙——

相互帮助的故事，

相互支持的点滴，

相互守望的意愿，

情深意切，

感慨万千，

缠缠绵绵，

共享改革开放的丰硕成果，

共同见证金箔同仁堂巨变……

"三个相互"，

道出了两家企业三代人的亲密无间，

三十多年前，

在历史那瞬间，

南京金陵金箔——

陪伴同仁堂，

走过 200 多年"裹金"神药的黄金产品，

轻如鸿毛，

薄如蝉翼，

因为战火纷飞、文革摧毁，

金陵金箔气息奄奄，

千古工艺几近失传，

金箔艺人早已断档，

企业飘摇资不抵债。

是改革开放的大潮，

带来中成药快马加鞭，

是同仁堂的金丹神药，

促使南京金箔尽快匹配……

难忘的一九八三年，

我成了千年古艺南京金箔的又一代传人，

溯古艺，

寻大仙，

千辛苦，

万磨练，

终于使濒临灭绝的金箔古艺再展光辉……

与此同时，

今天来的多位同仁堂老领导，

也是当年弘扬三百年老店，

北京同仁堂的一代老字号——

牛黄清心丸、大活络丹、

安宫牛黄丸，

这些宝贵的中药遗产，

享誉世界，

皆是他们付出的汗水和心血……

转眼三十多年过去了，

同仁堂的领导一代又一代，

继承金箔的我们，

也是传了一辈又一辈，

如今，

我已七十二岁，

同仁堂的几位老前辈，

六十、六十五、八十、八十一、八十二，

想想创业艰难，

个个热泪盈眶，

看看今日金箔同仁堂，

皆是国内外知名企业，

一路走来，

我们手挽手、肩并肩，

欢声笑语，

整个晚宴始终没停息，

老中青三代领导个个敞开心扉，

共祝金箔同仁堂，

一代更比一代强，

一年更比一年旺……

我的感动、感激、感恩之言，

从开场说到下场，

即便如此，

也道不尽我的心情、心意和心愿，

没有同仁堂的帮助支持，

就没有我们金箔集团的今天，

同仁堂的刘总也反复说：

"互相帮助、互相支持、互相守望，

才有金箔同仁堂兴旺发达的今天，

更会有我们两家灿烂辉煌的明天……"

振兴"南京金箔"，

重担在我肩……

　　　　　　　　　　　　——2017 年 4 月 7 日

江宁是块热土

作者是安徽和县人，1960年成为孤儿后，被居住在江宁湖熟打渔的叔叔收养。从此，作者长期在江宁学习和工作，对江宁感情颇深。

一个古老而神奇的名字
中华大地一个小小的板块
秦始皇在这里挥神鞭
谢安相在这里重登台
李煜皇在这里建陵墓
朱元璋在这里选碑材
乾隆帝在这里游龙戏凤
刘罗锅在这里当知府
侬呵哟 江宁哟 侬呵哟 江宁是块热土哎
侬呵哟 呀呵侬呵哟
历代帝王将相谁都想来 谁都想来
一个古老而美丽的名字
中华大地一个小小的板块
十里秦淮从这里起步
滔滔长江从这里开怀
葱葱牛首在这里巍然
玉皇大印在这里深埋

禄口机场在这里座落

守疆部队在这里扎塞

依呵哟 江宁哟 依呵哟 江宁是块热土哎

依呵哟 呀呵依呵哟

名人雅士谁会不爱 谁会不爱

一个古老而现代的名字

中华大地一个小小的板块

湖熟鸭子在这里五百年

真金箔在这里长兴不衰

爱立信在这里建基地

菲亚特在这里往外开

开发区在这里腾空而起

大学城在这里培育良才

依呵哟　江宁哟　依呵哟　江宁是块热土哎

依呵哟　呀呵依呵哟

一个一个奇迹名扬世界

依呵哟　呀呵依呵哟

依呵哟呀呵依呵哟

依呵哟呀呵依呵哟

一个一个奇迹名扬世界

依呵哟　江宁哟　依呵哟　江宁是块热土哎

依呵哟　呀呵依呵哟

一个一个奇迹名扬世界　名扬世界

——1989 年

金箔之歌

1983 年 11 月 -2020 年，作者在金箔任职，让一个濒临倒闭的企业起死回生，成了大集团。

金箔　金箔　金箔

中华民族的瑰宝

金箔　金箔　金箔

南京人民的骄傲

金箔的故乡

金陵金箔

名扬四海

千秋铸造

让神州大地金碧辉煌

让世界金光灿烂

千万斤重担由金箔人肩来挑

金色的奇迹由金箔人创造　去创造

金箔人　愿与民族共存亡

金箔人　誓与国家同命运

金箔人　愿与民族共存亡

金箔人　誓与国家同命运

敢于开拓　勇于创新

艰苦奋斗　永无句号

金箔的故乡　金陵金箔

名扬四海　千秋铸造

让神州大地　金碧辉煌

让世界金光灿烂

千万斤重担由金箔人肩来挑

金色的奇迹由金箔人创造　去创造

金箔人　愿与民族共存亡

金箔人　誓与国家同命运

金箔人　愿与民族共存亡

金箔人　誓与国家同命运

敢于开拓　勇于创新

艰苦奋斗　永无句号

昂首阔步奔向那　奔向那

繁荣富强幸福美满的金光大道

昂首阔步奔向那　奔向那　奔向那

繁荣富强幸福美满的金光大道

——1989 年

江宁有个金箔厂

江宁江宁江宁是个好地方

江宁江宁江宁有个金箔厂

金箔银箔铜箔铝箔

产品放光芒

贴上北京天安门

装上人民大会堂

江宁江宁江宁江宁金箔厂

美名天下扬

江宁江宁江宁是个好地方

江宁江宁江宁有个金箔厂

贴花塑印烟箔拉线

金字招牌闪金光

美化产品外包装

争为祖国搞装潢

江宁江宁江宁江宁金箔厂

美名天下扬

江宁江宁江宁是个好地方

江宁江宁江宁有个金箔厂

解放思想改革开放

前进路上大胆闯

人才辈出创新路

生活富裕心欢畅

江宁江宁江宁江宁金箔厂

前程灿烂辉煌

啦啦啦啦啦啦……

江宁江宁江宁江宁金箔厂

前程灿烂辉煌

——1989 年

金箔精神显威风

艰苦创业　改革开放

改革开放　艰苦创业

金箔精神显威风

艰苦创业　金箔精神显威风

改革开放　金箔精神显威风

艰苦创业　改革开放

改革开放　艰苦创业

金箔精神显威风　嗨！

啦…………啦…………

啦…………金箔精神显威风

敢于开拓　勇于创新

自力更生　自力更生　艰苦奋斗

居安思危　永无句号

金箔精神激励着我们向前进

敢于开拓　勇于创新

自力更生　自力更生　艰苦奋斗

居安思危　永无句号

金箔精神激励着我们向前进

金箔精神　金箔精神

你是我们奋斗的力量源泉

金箔精神　金箔精神

你是我们胜利的精神灵魂　嗨！

金箔精神　金箔精神

你使我们前进的步伐　永不停

——1989 年

三坚颂

在改革的道路上　有那么大困难

在改革的征途上　有那么多艰险

旧的框框　老的制度

保守思想　落后观念

一大批新时代的智叟

对改革开放设置重重阻拦

阻力挡不住改革前进

困难压不垮改革英雄汉

坚定不移　坚持不懈　坚韧不拔

你们坚定不移跟党走

你们坚持不懈不回头

你们坚韧不拔勇走改革路

你们是真正的金箍人

待到改革之花遍地开放时

你们满怀豪情迎接胜利的明天

在改革的道路上　　有那么大困难

在改革的征途上　　有那么多艰险

旧的框框　老的制度

保守思想　落后观念

一大批新时代的智叟

对改革开放设置重重阻拦

阻力挡不住改革前进

困难压不垮改革英雄汉

坚定不移　坚持不懈　坚韧不拔

你们坚定不移跟党走

你们坚持不懈不回头

你们坚韧不拔勇走改革路

你们是真正的金箔人

待到改革之花遍地开放时

你们满怀豪情迎接胜利的明天　明天

——1989 年

四千赞

你们是市场经济的先锋

你们是改革开放的排头兵

你们在市场经济的战场上

说尽了千言万语

踏遍了千山万水

吃尽了千辛万苦

用尽了千方百计

你们在改革开放的征途上

立下了历史的功勋

哦　来……

哦　来……

哦　来…… 立下了历史的功勋

你们是市场经济的先锋

你们是改革开放的排头兵

你们在市场经济的战场上

说尽了千言万语

踏遍了千山万水

吃尽了千辛万苦

用尽了千方百计

你们在改革开放的征途上

立下了历史的功勋

哦　来……

哦　来……

哦　来…… 你们在二次革命的战场上

做出了许多的牺牲

惊涛骇浪　你们浑身是胆

火海刀山　你们无所畏惧

你们是献身于改革开放的金箔人

献身于改革开放的金箔人

在那万花开放的金箔奇葩中

在那万花开放的金箔奇葩中

你们张开了双臂　拥抱那改革开放的春天

你们开足了马力　推动那滚滚的历史车轮

张开双臂　开足马力

张开双臂　开足马力

拥抱那改革开放的春天　哦……

——1989 年

远方的期盼

敬爱的老厂长啊，你在哪里哟？
我在远方被公安局抓起来了！
他们从我身上搜出了黄金，
说我投机倒把违了法。
无论我怎样解释说，
出门时间紧，忘了带证明，
他们一句也不听。
我被关在一座狭小的屋子里，
开始与世界隔绝，与自由告别。
里面气味真难闻，
让我阵阵发恶心。
晚上到处有蚊虫，
叮得我浑身都红肿。
敬爱的老厂长啊，快来救我哟！
敬爱的老厂长啊，你咋还不来哟？
我在远方被公安局关起来了！
他们让我从早到晚交待问题，
审得我头昏眼花无精神，
无论我怎样解释说，
这只是生产金箔的原材料，

他们一句也不听，

我被关在一座狭小的屋子里，

整天念着失去自由的苦难经。

我思念爱人见不到，

心里烦躁实难忍。

我盼望领导立即来，

早日救我出牢门。

敬爱的老厂长啊，我想念你哟？

敬爱的老厂长啊，你终于来了哟!

我在远方被公安局关了十九天，

他们让我从天堂走向地狱，

饱尝一下人间坐牢的实践。

虽然他们认真解释说，

原来你们是与黄金打交道的人，

可我一句也不想听。

我被放出这座狭小的屋子时，

才知道改革创业是那么艰辛。

我要珍惜人生自由的新生活，

艰苦创业不停顿，

我要献出全身心的精力，

为金箔事业奉献一生。

敬爱的老厂长啊，我感谢你哟!

——1989 年

香妈妈

"香妈妈"是歌唱集团有名外交家沈晓香的故事。

（一）

敬爱的香妈妈，你能快点回来吗？

我的爸爸他突然住院啦！

在昏睡中他反复叫喊着你的名字。

我知道，你是市场部经理，

业务第一，责任重大，长年在外不回家；

我理解，你一心扑在工作上，

企业第一，家庭第二，很少想到这个家。

可是，现在爸爸住院啦，

我的照应再好能超过你吗！

我的关心再多能满足他吗？！

敬爱的香妈妈呀，你快点回来吧！

（二）

敬爱的香妈妈，你能快点回来吗？

明天就是我结婚的日子啦！

在兴奋中我始终想看到你的身影。

我知道，你是市场部经理，

业务第一，责任重大，长年在外不回家，

我理解，你一心扑在工作上，

企业第一，家庭第二，很少想到这个家。

可是，现在是我要结婚啦！

神圣的婚礼殿堂能够少了你吗？

叩拜双方父母时能够没有你吗？

敬爱的香妈妈呀，你快点回吧！

（三）

敬爱的香妈妈，你能快点回来吗？

我的肚子疼痛估计要生娃娃啦！

在难受中我多么希望你能在我的身旁。

我知道，你是市场部经理，

业务第一，责任重大，长年在外不回家，

我理解，你一心扑在工作上，

企业第一，家庭第二，很少想到这个家。

可是，现在我要生娃娃啦！

我担惊受怕提心吊胆就是想见香妈妈，

女儿生娃外甥出世外婆不在别人不骂吗？

敬爱的香妈妈呀，你快点回来吧！

——1999 年

凤妹儿

"凤妹儿"这首歌是歌唱金箔好工人许昌凤的故事。她照顾瘫痪丈夫几十年如一日。

在你二十出头那一年，
你是地地道道一朵花。
你似刚出水的芙蓉，
你像柳树才发的芽，
婀娜多姿人人夸。
青春妙龄，美丽动人，水灵水灵，
你的眼睛都会说话。
多少情哥哥在呼喊着你的名字：
凤妹儿，凤妹儿！
你真是一位美丽的幸运儿！
当你决定嫁给金箔梁山阿宝哥的时候，
方圆百里的人啊，
都羡慕你们是天生的一对，
幸福的一家！
在你新婚不久第三年，
厄运之神悄悄进你家。
你家中唯一顶梁柱，
你心中的好夫君，

不治之症缠身上，
肌肉萎缩，手脚失灵，瘦骨嶙峋，
全靠服侍吃喝拉撒！
全厂员工在呼喊着你的名字：
凤妹儿，凤妹儿！
你成了一位苦命的不幸儿！
当你的阿宝哥病情加重全身瘫痪的时候，
方圆百里的人啊，
都关心着你们一家的命运，
可怜的一家！
在你五十退休那一年，
你头上已是苍苍白发。
痛苦中你成了撑门杠，
泪水里你没离婚改嫁，
全心全意只为这个家！
没有笑容，没有欢乐，没有言语，
病魔见你都害怕。
整个社会在呼喊着你的名字：
凤妹儿，凤妹儿！
你真是一位了不起的女人儿！
当你的阿宝哥三十多年前还活着的时候，
方圆百里的人啊，
都赞美着传颂着你的名字，
平凡而伟大的凤妹儿！

——1996 年

金山颂

闯过了艰难险阻悬崖陡壁，

我们来到了金山顶峰，

遍地的金光灿灿耀入眼中，

一时忘记了昔日的艰辛，

忘记了昔日的艰辛……

三十年坚定不移地攀登，

啊，坚定不移地攀登三十年，

攀……登……

我们享受着改革开放的成果，

我们看到了风雨过后的彩虹，

改革开放的成果，

风雨过后的彩虹，

风雨过后的彩虹……

跨过了密布冬雪环绕荆藤，

我们来到了金山顶峰，

遍地的金光灿灿耀入眼中，

一时忘记了昔日的伤痛，

忘记了昔日的伤痛……

三十年坚忍不拔地攀登，

啊，坚忍不拔地攀登，

啊，坚忍不拔地攀登三十年，

攀……登……

我们流露出金光灿烂的笑容，

我们眺望着金碧辉煌的前程，

金光灿烂的笑容，

金碧辉煌的前程，

金碧辉煌的前……程……

——1999 年

老前辈

合：前人栽树　后人乘凉

我们享受着幸福生活　永远不忘老一辈

高贵的品德　无私的奉献

祝你们身体健康　长命百岁

敬爱的老前辈

独：满头的银发闪烁着岁月的光辉

深深的皱纹印记着辉煌的痕迹

在那战火纷飞的日子里

你们出生入死　奋不顾身

用鲜血和生命换来了祖国的新天地

前人栽树　后人乘凉

我们享受着幸福生活　永远不忘老一辈

高贵的品德　无私的奉献

祝你们身体健康　长命百岁

敬爱的老前辈

微微的驼背承载着创业的昨天

残留的老茧镌刻着历史的伟绩

在那和平建设的日子里

你们艰苦奋斗　廉洁奉公

用辛勤和汗水换来了祖国的新世纪

前人栽树　后人乘凉

我们享受着幸福生活　永远不忘老一辈

高贵的品德　无私的奉献

祝你们身体健康　长命百岁

敬爱的老前辈

前人栽树　后人乘凉

我们享受着幸福生活　永远不忘老一辈

高贵的品德　无私的奉献

祝你们身体健康　长命百岁

敬爱的老前辈

敬爱的老前辈

　　　　　　　　　　　　　　　——1996 年

第五辑

馈赠友朋

为何其保题词

何其保系金箔集团创业股东、董事局副主席，曾任过江宁金箔金线厂厂长近三十年。

在家里子孝妻贤，
在外面友帮朋随。
大丈夫能伸能屈，
做事业出类拔萃。

——1989 年

贺石学赟兄六十诞辰

石学赟系北京外国语大学毕业，由于"文革"发生没有得到任用，一直在本地任一名普通老师。后被金箔任用，在北京任贴金公司总经理。

石门学士文武全，
耕耘半辈才难现；
忽闻京城名声起，
只惜时过六十年。

——1993 年

贺杜恒金 高如凤乔迁新居

　　杜恒金是金箔企业创办元老之一，退休之前系企业厂长，后改任党委书记；高如凤也系企业元老，一辈子干切箔工人。他俩互敬互爱，待人忠厚。

　　　　男好女好老好少好，
　　　　心顺气顺人顺家顺。
　　　　友亲朋亲里亲外亲，
　　　　今乐明乐前乐后乐。

　　　　　　　　　　　　　　——1996 年

赠杜静宁

杜静宁系企业董事局副主席。六十年代进金箔企业工作，
当时地址在穷乡僻壤的花园乡六子桥，任会计。

大家闺秀心地良，
发落水乡也凤凰。
满身瑞气遇贵助，
春风得意迎朝阳。

——1990 年

和二亲家胡平诗一首

2011 年 9 月 28 日晨 3:30 分，正陪客人在河北唐山出差，深夜忽见手机信息，原来系二亲家胡平，特为孙女江昀珈百日之禧，赋诗一首。读后连夜和诗一首，以示同乐。

胡门有女入江家，
慰藉老夫添昀珈。
不觉转眼已百日，
天南海北乐开花。

——2011 年

注：1. 昀珈：作者孙女之名。2. 作者住江南，亲家住东北。

为戴玲萍四十岁生日而作

戴玲萍是企业老同事，曾任企业下属金箔酒楼总经理。

生在福中能知福，
活在人间善识人。
既会办事又懂事，
其保爱妻戴玲萍。

——2008 年

注："其保"名叫何其保系集团董事局副主席，亦是戴玲萍之夫

为李桂玲题词

李桂玲系金箔企业老同事。时年四十岁，任集团宝玉公司总经理。

> 透着男士气息，
> 带着女性馨香；
> 干着不凡事业，
> 写着难忘篇章。

——1998 年

贺潘六香四十岁诞辰

潘六香是企业老同事，会计出身，江宁区城东山镇小里大队人。沈福祥系集团董事局副主席。沈星系他们俩儿子。

> 潘门靓女压根长，
> 六亲五戚添荣光；
> 香飘江宁小里村，
> 喜摘星斗偎福祥。

——2009 年

为杜康宁五十岁生日作

杜康宁系作者几十年的老兄弟，作者1964年调进化肥厂，他于1965年被招进化肥厂，几十年同事，两家相处甚密。

尊父尊母尊朋友，
爱子爱妻爱家庭。
敬兄敬弟敬姐妹，
赤诚之心乃康宁。

——1998 年

祝贺张迎久 茆玉梅之子张行天诞生

是迎久福气该到，
还是玉梅命运好。
行天终于天天行，
转眼露出满月笑。

——1989 年

贺方司格 李莲新婚志禧

　　方司格 1992 年大学毕业投奔金箔，当时，同来五名大学生，都因不适应而先后离企，唯他留了下来，先任集团秘书长，现任金元宝大酒店董事长，他娶了一位夫人叫李莲。

　　　方门司格有莲藕池，如鱼戏水；
　　　李家莲姐跃金箔山，似蝶恋花。

贺陈士翀 陶秋萍新婚志禧

陈士翀、陶秋萍都是金箔企业老同事。陈士翀，是二十世纪九十年代初"金箔梁山聚好汉"宣传标语招引而来的淮安籍大学生，先是作者身边实习秘书，后任企业房地产副总，后又跳槽。陶秋萍原金箔企业会计，后又随夫跳槽。

淮阴才子陈士翀，
江宁靓女陶秋萍；
金箔梁山唱大戏，
夫唱妇随难舍分。

——1988 年

贺鲁明 张喆新婚志禧

鲁明系上海卷烟厂工程师鲁工儿子，作者老朋友。

鲁门孝子日连月，
张家闺秀吉又吉。
天赐良缘结同心，
龙飞凤舞世间绝。

——1992 年

赠戈红霞

戈红霞是金箔企业公认的漂亮女孩，她是金箔企业下属金箔酒楼普通服务员，找了一位爱人为本单位厨师。

天生丽质无娇娇，
适逢乱世不风骚。
哪管人间艰难事，
只求知心已心掏。

贺骆翔 严玲新婚志禧

骆翔系作者在化肥厂工作时副厂长骆志江儿子，两家住在门对门，严玲是他的爱人。

憨厚小骆翔，
从小看着长；
不知不觉中，
严玲倚身旁。

贺杜丹 姚慧明新婚志禧

安宁叫杜安宁，杜康宁之兄，后调来金箔企业工作。杜丹是他的独女，姚慧明是他的女婿。

安宁爱女杜丹，
亭亭玉立鲜艳。
明日出嫁姚门，
全家喜祝美满。

贺刘磊 刘开琴新婚志禧

刘磊系作者老朋友刘自省（县体改委办公室主任）独子，长大后被招进爱德印刷厂实习，又被派到新办公室见习，后任厂长。

印象中还娃娃哈哈，
转眼间已立业成家；
想象中怎乳臭未干，
现实里却海角天涯。

贺"玖荣堂"开张

杨淇荣是作者安徽老乡。鲍莉莉是杨淇荣同居好友。他们听人谏言，在南京市区开张了一家餐馆，取名"玖荣堂"。开张之际，作者赋诗一首。

> 云龙山庄玖荣堂，
> 莉妹荣哥好碌忙。
> 美酒佳肴宴朋友，
> 一片真情露脸上。

贺钱丽萍高升

钱丽萍是江苏新华日报副总，系作者老朋友。南京大学经济系毕业。长期在报社理论部工作，从不在意升官发财。2012年9月她被提拔为报社副总。作者发此信息祝贺。

> 双节报喜讯，
> 丽萍职务升。
> 厚积薄发人，
> 一切皆从容。

为老友罗光辉而作

罗光辉：原中国人民解放军国际关系学院政治部主任，学院常委，是作者的老朋友。

罗织几颗星座，
用光线编成网。
怡同辉于日月，
伴天地万古长。

——2009 年 10 月 5 日

题赠侍俭 李莉新婚之禧

你是一把利剑，
你是一朵茉莉。
我为你侍卫终生，
我为你料理四季。

——1999 年 10 月 16 日

祝杨淘淘"两节"快乐

杨淘淘是南京安徽商会成员，是作者安徽老乡，经常走动，关系较近，互有通讯。

海上生明月，天涯共此时。
适逢两节至，怎将亲人思。
远眺皓月美，更念老乡痴。
人虽分两地，心却向一池。

赠友人小诗
（一）

心知有你陪，
寂寞终靠边。
人生总有缘，
幸福常相随。

赠友人小诗

（二）

不争强好胜，

不计较钱财。

不嫌弃贫富，

不拨弄是非。

不猜疑嫉妒，

不疑神疑鬼。

贺武庭奎 蔡敏搬新居

武庭奎、蔡敏夫妻是作者金箔老同事，那年他们搬新居，应邀赋诗一首。

武家庭院美，

适合种菜园。

敏锐度人生，

福奎在世间。

——2018 年 3 月 30 日

赠江世春　帅丽丽夫妇

江世春，作者大堂侄子；帅丽丽是作者大侄媳，喜搬新居。

江族逢盛世，
满园尽是春。
百花艳又丽，
帅府亮新星。

赠江云霞　吴启军夫妇乔迁新居

江云霞，作者堂侄女；吴启军，作者侄女婿，喜搬新居。

江上飞雲霞，
吴门出启军。
金山彩光照，（金山指金箔企业）
雨后万物新。（他们儿子叫小雨）

题赠张甜甜 刘昊—新婚之禧

张甜甜是金箔企业文字秘书，集团办公室主任。张甜甜和刘昊都是外地人。

张家甜哥哥，
刘府昊一妹。
金陵同创业，
有缘结成对。
不图千万金，
只为永相恋。
家族添光彩，
社会有贡献。

贺陈玉杰 田青喜结良缘

田青是集团办公室工作人员，爱人陈玉杰在南京南端工作。作者祝贺她与陈玉杰喜结良缘。

玉兔出月宫，
人杰生陈门。
天地结良缘，
田府腾青龙。

贺刘超 王品秋新婚之禧

刘超、王品秋是作者金箔同事，作者祝贺他们新婚大喜。

刘门后裔沾王气，
生下就望超人头。
三十而立显山水，
不恋春夏偏品秋。

——2001 年 5 月 8 日

为袁隆珍进入金元宝工作十周年而作

2002 年 11 月 25 日为袁隆珍进入金元宝工作十周年而作。

你将事业放在了金元宝，
你将青春献给了金箔。
你因金箔而出人头地，
金箔因你们而辉煌民族。

为高媛进入金元宝工作十二年而作

2002 年 11 月 25 日为高媛进入金元宝工作十二年而作。

心缘友缘情缘，
你的命运与金元宝紧密相连。
十年光阴，
人生几何，
处处彰显，
你的真诚高媛。

题赠熊进霞进入金元宝工作十周年

2002 年 11 月题赠熊进霞进入金元宝工作十周年。

出头露面是别人，

埋头苦干的是你。

你用你的实际行动，

谱写了一曲任劳任怨的颂歌。

为易书凡二十岁生日贺诗一首

易书凡是金箔烟草老员工易铭之子，酷爱书法，学习成绩也优秀。应易铭之邀，特为其儿子撰诗一首。

易书凡，不平凡，

德智体文同发展。

从小书法就超凡，

顶天立地英雄汉。

转眼已经二十岁，

报效国家建功业。

金箔梁山美帅男，

易吴香火永不断。（吴：易铭夫人姓吴）

第六辑

门第家风

江周氏轶事

她的命真苦

十六岁做了童养媳

三十六岁守了寡，

四十二岁便离开了这个世界

她叫江周氏

没人知道她叫什么名字

因为娘家姓周

嫁给了一位姓江的打渔户

当地人便习惯叫她江周氏

她十六岁做了江家童养媳

而且是"填房"

那江姓的渔民一生以打渔为生

也曾娶过一张氏女人

也为他生过一男娃

不料那兵荒马乱的年代

这江张氏女人与娃都死于战乱和霍乱

等到娶江周氏上门做童养媳时

他已三十六岁

而她才十六岁

他俩相依为命十年

却始终无后

当地人谏言

抱养一个女孩来家

取名"小改子"

肯定会改变江家无后的状况

但三年下来仍然无效

他的母亲听说江苏句容茅山上

有位"送子娘娘"菩萨很灵

于是他母亲便跌跌撞撞上了茅山

烧了香、求了法

果真有了感应

公元 1946 年那年

他们有了后

而且是个男小子

后来又添了两个小丫丫

但是

江周氏命该苦

十年后

他丢下她

丢下两位小丫丫和一位小男娃

吐血上了西天

她成了寡妇

那年她三十六岁

拖着三个不到十岁的儿女

死撑活扯

不知怎么过来的

公元 1960 年

安徽遭遇"天灾人祸"

听说饿死了很多人

具体多少

她也不清楚

那年她也死了

死得不明不白

她死的时候

身为种田的家中

竟然几个月没有一粒米

三个娃娃天天嗷嗷待食

只靠喝盐开水

吃野草根、啃榆树皮、靠观音土度日……

后来

连盐开水也没得喝了

所以

她活活饿死了

她死后

什么都没留下

只留下一句话和一个娃

这句话就是：

"在这个世上，靠人不如靠自己！"

这个娃就是我

——2017.8.27

三吃三修

这是作者办公室里的自题联，多年用以自我警醒。

历史告诉我：
吃苦、吃怨、吃冤，
人生之路不可少。
现实告诉我：
修心、修志、修德，
为君之道必须多。

——1989 年

江门家风

——示儿

晨钓晚网独自归，
彦金[1]福海[2]继渔业。
为盼后代出苦水，
开明[3]孙庄[4]吐尽血。
和州孤子蒙恩惠，
闯荡江宁挺直背。
不图家产千万金，
只愿南山[5]志不颓。

——1996 年 3 月 10 日

注：1. 彦金，作者曾祖父；2. 福海：作者祖祠，安徽和县江福渔村；3. 开明，作者父亲；4. 孙庄：作者诞生地，安徽和县孙家庄；5. 南山：指作者大儿子江楠，二儿子江山。

老来伴
——怀念前夫人王义芳

2019年12月2日，作者发妻王义芳因患子宫癌扩散逝世，作者为此特撰写了这首《老来伴》记之。

（一）

一九七四年，

我还是一个孤寂的单身汉！

生活简简单单，平平淡淡。

很少有人对我嘘寒问暖，

因为我是一个孤儿，

所以很难正常一日三餐。

早已到了当婚年代，

可是有人嫌我贫穷，

每月工资只有三十多元！

有人说我地位低贱，

仅仅是一名化工厂的小骨干，

有人臭我文化程度不高，

从没跨过初中的校门坎，

有人觉得我长相一般般，

身体矮小，

瘦骨峋响体型单。

正是你啊，

说我是根正苗红出身好，

道我单身一人无纠缠，

讲我文化偏低只要肯苦干，

说我工资虽少但家庭无负担，

说我长相不帅但看了很顺眼，

你说别人议论好坏我不管，

非我不嫁你的念头不改立意坚！

就这样，

痴痴迷迷，

鬼使神差，

你一头闯进了我的生活圈，

成了我今生今世的好侣伴！

从那一年起，

你让我的生活充满了阳光，

你使我的日子开始蜜蜜甜甜。

（二）

一国家只能有一个元首，

一个单位只有一个核心，

一个家庭只能有一个闯外面，

你发现我这个"不顾家"的男子汉，

只晓得工作，

只晓得干事业，

于是你放弃了已当小学校长的锦绣前程，

放弃了在大家庭里什么都不烦的优越条件，

心甘情愿担当了一个事业成功男人的另一半！

从那时候起，

谁也看不出你曾是一位小学校长，

谁也看不出你父亲是一位当地政府的"小高干"！

在你身上，

处处事事体现了一位大家闺秀的风范！

早晨起床，

你给我挤好了牙膏；

晚上临睡，

你给我铺好了被单；

上班时，

你默默保佑我平平安安；

下班时，

你在厨房忙得好欢好欢！

生活中时常遇到经济拮据，应酬困难，

你总是克勤又克俭，

将我们的生活安排得周周全全。

一双力士球鞋你补了又补，

照样穿着上下班。

摘菜抛弃的芹菜根，

你沾点面粉炸成蔬虾，

让我们吃得好香甜！

可家中再克俭，

你对亲朋好友却从不吝啬，

有钱人来到了家中，

你不卑不亢，

有权人来到家中，

你不献媚眼，

有难人来到家中，

你不冷不淡，

你总是

心热、脸热、锅热，

端茶、倒酒、上饭，

那么贤惠、那么甘愿……

虽然你经常口袋羞涩，

但再甘苦的泪水只往自己肚子咽！

家中两个胖小子，

从小到大，吃喝拉撒，

从幼儿园到成家立业，

所有家务事，

你都一人承担，

将他们照顾得体体贴贴，

从不让我有一点心烦！

（三）

一九八四年，

中国改革开放，

时代造英雄，

我有幸为一个民族企业的振兴挑起重担，

使我一下成了"全国五一劳动模范"。

但我的一路更是充满着风风雨雨，坎坎坷坷，

常常遇到难以预料的风险，

常常面临着一场场惊天动地的考验！

而你，

总是与我同甘共苦，

肩并着肩，

同生死，

共患难！

有段时间，

社会上流传我要被撤职查办，

你大义凛然，

两眼充满着温暖，

说本来就是工人出身，

当个普通员工更安全；

有段时间，

社会上传来我违反法律要成囚犯，

你虽然提心吊胆，

昼夜不安，

但你依然淡定坦然，

坚定得像个刚强汉，

说相信自己的丈夫为党、为事业一身肝胆！

相信上帝一定会保佑好人一生平安！

贤妻啊，

正是你的大义大气，

正是你的魅力感染，

让我们一家人，

闯过了一关又一关，

让我在前进的路上登攀、再登攀！

我这一生啊，

你才是我做人做事的真正靠山，

是我闯荡天下成就事业的动力帆！

（四）

转眼三十五年，

我们已从朝阳冉冉，

到了黄昏夕阳徐徐西偏，

从风华正茂到银灰鬓发堆满两边，

从腰杆挺拔到两腿双膝时常发软，

从一点五的视力到老花镜不再离开鼻尖，

不知不觉之中，

我们已跨入老年队伍中间！

天地悠悠，

过客匆匆，

众多熟悉的身影渐渐消失了，

许多喧哗的场面开始嫌吵了，

一直高亢的音调逐步减弱了，

无数丰盛的菜肴越来越腻味了，

多少兴趣爱好也让它淡化了，

唯一不变的，

还是老两口共建的家园！

由于我们都已到了二线三线，

相互的交流有了更多的时间，

偎坐的机会一天超过了过去一年！

"忆往事峥嵘岁月稠，谈过去笑逐眉宇间。"

啊！

少年夫妻老来伴！

老年有伴才是全。

虽然我们时常拌嘴、互有埋怨，

虽然我曾经背着你，

做了一些错事对不住你，

可我们彼此依赖一直难改变，

相互的信任永远在心间！

每天睁开双眼见到你，

我的生活真的感到有滋又有味！

艰苦奋斗、时过境迁，

我们早已不再为生活拮据犯愁，

不再为生存安全担忧，

不再为职位高低奔波，

一家三代安安全全，

康康健健，

团团圆圆，

快快乐乐每一天！

高高兴兴似神仙！

（五）

谁知二〇〇二年，

厄运却悄悄来到了你的面前！

一张身患绝症的判决书，

让我们全家恍恍惚惚整整有七年！

让你痛不欲生、煎熬了二千五百多天！

你是一位伟大的母亲，

病魔不该纠缠着你！

你是一位贤慧的妻子，

癌症不该降临到你！

你在所有兄弟姐妹中，

是一根核心的顶梁柱，

这个大家庭不能没有你！

你是一位越世的好人，

这个社会不该失去你！

那难熬的七年啊，

我们始终坚信你的命大福大，

一定能战胜病魔、过好今天与明天！

我一直以为病魔只是对你开开玩笑，

迟早会老老实实退下火线，

我一直坚信你我会相依相伴度余生，

一定会肩并着肩，手挽着手，

白头到老共上西天！

可是，

病魔它却不依不饶，

非要与你决一死战！

一次次手术、放疗、化疗，

我们在痛苦中满含着眼泪，

你却在痛苦中带着一丝丝苦笑，

直到你临走的最后时刻，

你不时会疑疑惑惑地问我：

"我到底得的什么病啊？"

可对你的病情，

我们谁也不忍心与你见面！

你实在太好了，

太伟大了，

太完美了，

我一心只想让你将完美留给前辈、同辈、后辈，

留给这个社会！

而你却最终不能斗过癌症，

二〇〇九年十一月二日，

这个永远必须记住的日子，

你竟抢在了我的前面，

离开了这个令人流连忘返的美好人间！

一两千名亲朋好友，

昔日同事、各界人士，

蜂拥到你的遗体前，向你挥泪告别，

共同赞美你：

"尊老爱幼、相夫教子，堪称贤妻良母，千秋存仁义，

克己奉公、乐善好施、不愧师表仪范、百世留芬芳！"

凝望着你的遗像，

我回想起与你三十五年的日日夜夜，

我痛不欲生，

思绪万千。

在我十四岁少年的时候，

也是我最需要老人照顾的时候，

我却失去了父亲母亲和家人，

成了一名孤儿，

漂流在社会，

真的好可怜；

在我六十多岁已过花甲的时候，

也是我最需要陪伴的时候，

我又失去了相依为命的好老伴，

让我再次成了孤寂的单身汉，

真的更可悲！

人生越老越珍贵，

古董越古越值钱，

少年夫妻老来伴啊，

老来有伴才是甜……

在这没有你的日子里，

我更加对有你的日子，

深切地思念与情牵！

永远地怀念啊，

亲爱的老来伴……

致江楠

江楠，是作者大儿子。

> 江门长子楠木才，
> 做人处事堪表率；
> 转眼进入四十岁，
> 励精图治展未来！

——2015 年

颂月——赠江山

江山，是作者二儿子，一贯不多言多语，被作者喻大儿子为太阳，二儿子为月亮。

> 时隐时现不张扬，
> 或圆或缺也自量。
> 虽然借着太阳走，
> 我行我素万古长。

——2000 年

题儿媳胡中奇三十岁生日

胡中奇，辽宁省大连人，江苏南京传媒学院毕业，作者二儿子江山爱人，2015 年应邀为她撰写贺词。

东北中奇入江门，
助夫育女建功勋。
金山之巅舞翩跹，
江胡两家乐融融。

一支金玫瑰

2018年5月28日，冯桂玉女士与作者同居将近十年后，作者与她结成秦晋之好，为她写了这首《一支金玫瑰》，并用250克真金制作了一支金玫瑰赠给她。

情人节到了，我这里有一只金玫瑰，
就这一支，送给谁？
送给儿时的青梅竹马？
时光早已不聚焦这一刻。
这是因为，如果，
还是那么两小无猜，
还是那么情深意切，
不是早已成为夫妻，
就是早已挥手告别。
金玫瑰送给儿时伴侣？
可能有点不值得。
那么，金玫瑰送给曾经同桌的你？
可能也有点可惜，
因为，我们——
早已不再纵情似火，
早已不再甜甜蜜蜜。

校园里的梦幻岁月，

早已在生活现实中破灭。

那么，这唯一的一支金玫瑰，

到底送给谁？想想，再想想，

送给商场、政坛路上的你？

请问一声，你够不够格？

你是我的情人吗？

你对我，可能深情厚谊，唯唯诺诺，

甚至，有时有点献媚巴结。

可是，你的许多亲昵行为，

不是为钱？就是为权，

既然为了钱，

一支金玫瑰，能值几文钱？

既然为了权，

一支金玫瑰，很难栽进你的心田；

而你一旦有了钱，有了权

这金玫瑰在你手中，

已经失去了特有的光泽。

但是，这唯一的一支金玫瑰，

还是要送出去，那么，

到底送给谁呢？

我不能再犹豫不决，

我不能再反反复复，

老是不选择。

其实，在我的心目中，

这支金玫瑰，

我很想很想，

早该送给这样一位情人：

她与我，早已结下难分难舍的情结！

在我很穷很苦的时候，

她死心塌地追随着我——不嫌不弃，

在我地位卑贱的时候，

她热情地帮扶着我——心甘情愿，

在我艰难创业的时候，

许多人做智叟，冷言热讽，

甚至参与反对打击，

只有她，却满腔热情，

坚定地做我的另一半，与我把手牵；

在我受到挫折心灰意冷的时候，

她却站在我的身旁，大声说着——江宝全，我爱你；

在我遇到尴尬难堪的时候，

她却幽默地对我说，

你老苦着脸干什么？！

前进的路上我永远跟着你，

这支闪着金光，绚丽美丽的玫瑰花，

应该送给她，只能送给她！

她是我真正的情人，

陪伴着我整整三十五年，含辛茹苦，

夫唱妇随，

直到生命的最后时刻，

难忘那一刻啊，

二〇〇九年十一月二日，

她苦战了七年的病魔，

终于丢下我们这个家，丢下这么多亲人，

飘飘欲仙地飞上了西天；

当时，由于悲伤，由于来不及，

这支本属于她的金玫瑰，

却至今还紧紧握在我的手心里；

快六年了，我曾经不止一次地想，

希望能将这支金玫瑰送到她的手中，

同时带走我的思念；

可是，最终，

我仍是无法送出去，

她无法也不可能来接。

在病危的时候，

她曾经对我说，

我走后，你一定要再找一个人，

好好照料你！

她走后，

也曾多次托梦给我，

希望将我手中的这支金玫瑰

转送给一位配得上接任这金玫瑰的人选！

然而，我想了又想，掂了又掂，

六年了，我手中的这朵金玫瑰，

始终没有一个更合适的人来接。

直到 2013 年清明，

在那一个祭祀已故亲人和她的季节，

这支金玫瑰才逐步出现了一个新的人选；

那是一个春暖花开的季节，

那天，祭祀完过世亲人以后，

我突然感到有一阵不同寻常的喘息，

好像是阴曹地府的亲人们递给我，

这仿佛是一个不兆的信息，

于是，在亲人们的关切下，

我住进了医院，

经查结果，

病历单上竟然出现了"肺癌"的字眼，

这就意味着，

生命的历程对我而言，

不久将宣告终结！

不知是哪位哲人说过，

人生旅途最好的伴侣，

从三个方面就可以看出：

在你最穷困潦倒的时候，

在你最落难的时候，

在你最病危的时候。

今天，我已不再穷困潦倒，

也不再落魄磨难，

而是面临着生命的终结！

我的生命之火将从这个地球上熄灭；

听到这噩耗，

绝大部分亲朋好友，

只能震惊，只能哀叹，只能惋惜，

却感到无能为力，

只有一个人，

却遭受到"五雷轰顶"的打击！

她不仅躲在一旁，暗暗伤心落泪，

还要强装笑容，时刻将我安慰！

这么多年了！她从少妇，到中年，并开始到老年，

始终暗暗爱恋着我，不摇不移，不厌不嫌，

我们知道这叫违反道德之规，

更知道这样相处对双方家庭永远愧对。

可是，她已经到了不能自控的边缘。

她始终有一个梦想：

希望有朝一日嫁给我，无论是苦还是甜，

永远甘心情愿，一辈子到底紧紧追随；

如今，好不容易有了一个天赐的机缘，

她终于可以名正言顺进入我的生活圈；

谁知道，

等来的却是我生病即将"终结"的信息；

她面对的不再是所谓的"情结",

不再是所谓的"幸福晚年"的憧憬,

更不是"了却夙愿"的大喜大吉;

而是刚到手立马要失去的幸福之旅,

宽敞大道前面显现了悬崖陡壁;

世界上人生的考验千万种,

生与死就是千万种考验中最大的考验;

面对我那手上绑着针,鼻上插着管,

身上套着病衣,吃喝拉撒要人扶,

漱嘴洗脸要人帮的关键时刻,

她责无旁贷,决不做第二种选择;

她向医生护士,她向亲属朋友,

旗帜鲜明,毫不掩饰地表明了自己的心迹:

哪怕到了生命的最后一年,

也要陪好自己已决定追随的亲人过好每一天;

死了也瞑目,海枯石烂心不变!

二〇一三年五月九日,那是一个最庄严的时刻,

早上七点钟,我被拖进了手术室,

亲朋好友都站在手术室期盼,

期盼主刀大师为我创造奇迹,

因为我既有心脏病,又有高血压,还有糖尿病,

这样的人死在手术台上随处随时都可见;

下午两时多,我在睡梦中听到有人呼江宝全!

所有亲朋好友都露出了笑颜!

但他们只能远远望着我被拖进危病室，

只有她经过特许进入病房守护在我身边，

也就从那一天起，

她日夜守护在我身边，

喂饭，喂药，喂水，

量血压，测血糖，看脸色，

她没有考虑我到底活到哪一天，

她也没有考虑到底能活到哪一天

她只想尽到"情人"应有的责任；

照顾好我的每一天；

为了照顾我，

她努力学习许多药品药效和副作用，

亲自一片一片包装好，

在家她亲自送到我面前，倒好水，

亲自看到我吃下去才松口；

在外地用药盒分别标清楚，

督促我一日三餐从不松懈。

为了照顾我，

她学习许多食品营养成分，

严格把住我的入口关；

为了照顾我，

她学会了打针，

以减少我来往医院，

别人来回折腾的很多麻烦；

为了照顾我，
她的八十多岁父母近在咫尺也无法照看；
为了照顾我，
她的独生子一人待在上海更是很少管；
她用她的真诚感动了上帝，感动了我，
感动了许多外界人，感动了我的家庭，
感动了整个金箔集团，
感动了这支金玫瑰！
今天，你们看，
这支金玫瑰，
绽放得多绚丽？
绽放得多鲜艳？！
我晚年最后的情人！
只有送给你了，
只能送给你了！
即使我明天走了，
这支金玫瑰，
也要送到你的手中，
栽入你的心田！

怀念原夫人王义芳逝世一周年

这是镌刻在大江会所牛雕塑上的铭文，用以赞美纪念原夫人王义芳。

你属牛，

更是一头真正的老黄牛；

吃的是草，

挤出的是奶；

出的是力，

献出的是身心……

——2010 年

王氏家风颂

作者原配夫人叫王义芳，系江宁老干部王礼贤、茆丽茹之长女，王茆两人有子女多名，长期以身作则，严于律己，家风较正。故撰此诗一首，以示赞美。

真诚谦和加勤奋，
王门祖传好家风。
源自句容郭庄庙，（王茆原籍）
盛兴江宁土桥镇。
到了礼贤丽茹辈，
清正廉明更闻名。
夫唱妇随任风雨，
王家乡火升顶峰。
物以类聚是常理，
人以群分也合情。
家风无语自有告，
娶媳择婿也同仁。
改革时代大地春，
义谦王玲喜结亲。（指二儿、二儿媳）
男着戎装卫国防，
女当后勤紧随行。

没蓄钱财千万贯，

却育帅子帅王猛。（系义谦王琳独子）

诚恳谦和待友朋，

秉承家风耀祖宗。

万贯家产可殆尽，

只有家风能常青。

千年江山会移主，

唯独家风属正宗。

今日王猛逢良缘，

祖传家宝记在心。

一代一代传下去，

王门家风万古颂。

——1989 年

想字诀

二十世纪九十年代中期，金箔企业如日中天。有人看不清如何深入发展，作者便写了这首打油诗鞭策员工。

凡事多想想，
真有好文章；
正想想反想想，
眼睛会发亮；
前想想后想想，
脑袋就清爽；
上想想下想想，
做事不莽撞；
左想想右想想，
前进有方向。

——1996 年 12 月

想字訣

风事多想之其有妙

文章去想之反想之眼

睛会发亮前想之后想之

脑袋就清爽上想之下

想之做了不莽撞左

想之右想之前進有

方向

讀庄主撰書

二零零三年七月一日

醒字歌

九十年代中期，金箔企业如日中天。有部分人小功即满，小富即安。作者写了这首打油诗，告诫职工。

做人要做好，

醒字最重要；

褒时不飘飘，

诽时不气恼；

败时莫躺倒，

胜时切莫骄；

过时快检讨，

功时忌狂傲；

穷时莫丧志，

富时莫称豪。

—— 1996 年 6 月

醒字歌

做人要做好醒字取

重要紧处时不飘之诔时

不气脑恼时莫骑过

倒胜时初莫骑过

時快核讨功時忌狂

傲写時莫变态富囿

時莫柳豪

江贝全揆书
五九年七月风

206

第七辑

生肖吉言

中国有个生肖吉祥传统。作者连续写了十多年，每年对一个生肖发表感慨。

鼠年

人：是大？是小？

有时我吹我，有时人吹我；

鼠：大也，小也，

世界需要大，世界也需小；

人：是益？是害？

有人讲我坏，有人讲我好；

鼠：害罢，益罢，

你走阳光道，我走独木桥。

——1996 年

牛年

你对人：

"吃的是草，挤的是奶，出的是力。"

人对你：

"干的是活，吃的是肉，穿的是皮。"

你问人：

"埋头苦干，任劳任怨，为何如此？"

人回你：

"历来如此，只好如此，如此如此……"

——1997 年

虎年

人：称你为王，

其实你在笼中多，在山上少！

虎：说我有威，

其实别人用的多，自用的少！

人：你虽有三招，

总觉得有你不多，无你不少！

虎：我直到死后，

方知我浑身是宝，而且嫌少！

——1998 年

兔年

人：你长这么长耳朵干什么？

有多少问题要打听？

你老是红着眼睛干什么？

有多少事情看不惯？

兔：我早已自己看自己，

发现我有高有低有长有短？

如果再来它一场龟兔赛跑，

我一定千万不睡觉了！

——1999 年

龙年

人：说你，唱你，写你，

天下谁人不尊你？

盼你，想你，爱你，

可你究竟在哪里？

龙：露着，开着，敞着，

我能长久到两千？

躲着，藏着，蒙着，

我才与你到永远！

——2000 年

蛇年

人：想到你总是盘来绕去的；

蛇：能伸能屈才是大丈夫。

人：见到你总是吐舌喷液的；

蛇：有备无患无毒不丈夫。

人：摸到你总是皮软皮软的；

蛇：柔中有刚才算真功夫。

人：谈到你总是冬眠春动的；

蛇：闭门思过你我哪能无？

——2001 年

马年

人：究竟你爱人，还是人爱你，

为什么世间都在把你称赞？

马：因为人爱我，所以我爱人，

心甘情愿跟人一生共患难。

人：到底你有我，还是我有你，

为什么有你我就浑身是胆？

马：只要你有我，肯定我有你，

视死如归与你一道闯险关！

——2002 年

羊年

人：常言道欺软怕硬，

我们只能在你身上将文章做足；

羊：我天性温柔顺从，

高唱咩歌受着你们的任意宰割。

人：俗话说吃亏是福，

我们只得吃你穿你后不留尸骨；

羊：我一生默默奉献，

除了咩咩就不会再有二话可说！

——2003 年

猴年

人：你整天蹦来蹦去的，

上蹿下跳，

图的是什么？

猴：享受自由自在的生活，

为了快乐，

为了不变人。

人：你两眼转来转去的，

东张西望，

想的是什么？

猴：保持居安思危头脑，

防止袭击，

防止人变猴！

——2004 年

鸡年

人：现在好像一切都改革了，
你们就不用每天准时报晓了；
鸡：那是你们人类自己的事，
我们必须尽职尽责不负使命。
人：不听话就取蛋杀身拔毛，
你们不怕蒸煮炖煨煎炸炒么？
鸡：晨献歌日献蛋最终献身，
我们宁愿下油锅也要留美名！

——2005 年

狗年

人：你吃喝不挑，居住随便，

可从来不吃里爬外，嫌穷爱富；

狗：我赤条条来，光滑滑走，

献的就是忠心，留的就是忠诚。

人：你讲仁讲义，保主为家，

却从来没提过条件待遇职务；

狗：我忠于职守，勇于献身，

图的就是信仰，讲的就是信誉！

——2006 年

猪年

人：你整天摇头摆尾，吃吃睡睡，

全靠我们服侍，福也！

猪：我日夜诚惶诚恐，恍恍惚惚，

任由你们宰杀，祸也！

人：你生来无忧无虑，欢欢乐乐，

不懂我们苦楚，过也！

猪：我祖辈没名没利，唯唯诺诺，

全供你们享用，功也！

——2007 年

第八辑

遐思情愫

为大江讲堂第一期班开学赋诗一首

2014 年 10 月大江讲堂首期班开班，近 500 位创业草根走进作者的课堂，学习创业十堂课。

笔下流淌半世汤，
千滚万沸熬成浆。
送给后辈尝一尝，
酸甜苦辣溢四方。

——2014 年

222

长寿之龟——生命之友

它走了

它来时无声无息

它走时也不声不吭

三年多前，我在长沙开完会

在公园里跟一老者讨价还价

把它带回了家

三年来，它在这只瓷缸内

一声不吭

有吃无吃，它不吭

天冷天热，它不吭

白天黑夜，它不吭

有人没人，它不吭

它是"任劳任怨"的模范

它是"默默无闻"的代表

它是我提出的"三不提"

从不提职务高低

从不提待遇多少

从不提条件好坏

它是动物界最忠实的践行者

只有偶尔听到它

爬出瓷缸的清脆声

才知道，它是一位生命的朋友

每每晚间临进房间前

我都会向它挥手告别，道声晚安

这时候，它会静静地趴在那儿

仿佛告诉我：晚安，我也要睡啦

一年一年，已有三年了

我们的感情在无语中增深

我们的友谊在无言中交融

我常常出差在外，也常常将它惦记

这世上所有动物中

我最赞颂的就是这种龟精神

忍劲，耐劲，持久劲

成了我做人做事的偶像

昨晚我下班回家，发现它不在了

家人告诉我，它已仙逝

被埋在院中的土壤中了

听到这噩耗，我十分伤心

都说千年乌龟，为什么在我家

只三年，就寿终正寝

是不是被我扼杀了

是不是我给你的天地太小了

始终待在一个瓷缸里

你有想法不肯说

是不是我对你吃喝照顾不周

让你营养不良患病在身

你有痛苦不呻吟

我的心好痛

事到如今，我能对你说什么呢

既然你一直一声不吭

我还是默默向你祈祷吧

一声不吭，一声不吭

此时无声胜有声

——2016 年 6 月 25 日

钱

市场经济中，许多人不能正确对待钱，一直"向钱看"，讲究"钱途"，其实……

左边是金字

金光闪闪

是诱人的好东西

右边是上下两个戈字

寒光闪闪

是玩命的东西

——1988 年

我家庭院梅花开了

2015 年，我在原江宁化肥厂水泵房旁边建了一幢大江会所，园子里栽了些花草树木，其中有一支梅花。

> 雾霾，你雾你的
>
> 冰雪，你降你的
>
> 经济，你滑你的
>
> 房价，你涨你的
>
> 股票，你跌你的
>
> 我到时结蕾，到时开花
>
> 我活我的
>
> 无论你将我种在穷人庄
>
> 无论你将我种在富人区
>
> 那都与我无关
>
> 我只要一片泥土
>
> 我只要一缕阳光
>
> 我只要几滴雨水
>
> 我就会生机盎然，绽开怒放
>
> 无论我存活多少天
>
> 无论我是否很快凋零辗作泥
>
> 可我是春天的信使

是引领百花开放的先驱

我还是时光的旗手

率领万物奔向新的征程

—— 2016 年 2 月 11 日

好个领头狼

2016 年，我看到一个视频：一群狼很团结，前仆后继，发现前面有一只领头狼，于是有感而发。

当你自认为辛苦、艰难

甚至百般委屈的时候

请看看前面为你开路的那位

它不仅用双腿，而且用整个身体

在深厚而辽远的雪野犁出一条新路

让你，让大家行进的道路

当你的领导在为你

冒险、开拓、进取的那一刻

跟随者应把所有的怨言、负面

扼杀在思想的摇篮里

因为领队的阻力，比追随者大十倍以上

——2016 年 2 月 26 日

传统锅巴

21世纪初，我们研发了一种新型食品——叫金东海锅巴。我为此写了一首打油诗。

鸡汤泡锅巴

安徽人、南京人最爱的吃法

如果打一个鸡蛋，撒点葱花

天下的菜肴难超她

特别是家庭主妇，敬爱老妈

吃点传统锅巴，心中乐开花

……哈哈，哈哈

看我这架势

活灵活现在做广告

那里是创业大讲堂

自吹的大伽

实际上我讲的这个故事

正是想创业和正创业的人们

思想观念大转变

行动步伐大胆跨

真实案例在面前，在脚下

实际上，大众创业，万众创新

并不多难，并不可怕

只要敢想，只要敢跨

什么创业道路都可以成功

都可以干得潇潇洒洒

金东海传统锅巴的诞生

就是我这个创业家的新作

现在开始进入万户千家

小时候，我家穷

放学回家

没有好的食品

只有妈妈大锅灶上

炕出来的大米锅巴

吃的嘣嘣脆，嚼着香甜甜

伴着我们长大难忘它

可是时代发展，生活变化

现在的现代食品八门五花

还有那些无道德的人

生产的食品掺杂掺假

毒害百姓，社会谴责

放心的食品很少有

老百姓越想越害怕

在这个时候，我想起了妈妈

想起了传统锅巴

祖祖辈辈吃锅巴

人人都吃，无人害怕

没有防腐剂，没有添加剂

小孩吃了能长大

大人吃了助消化

于是，我找了几个人

日日夜夜，访百姓，搞调查

挖掘传统工艺

总结如何能工厂化

结果获得成功

成我创业实践的又一奇葩

今天我要告诉朋友们

创业的道路千万条

条条大道通"罗马"

只要下功夫

你栽下的创业树

一定会结果开花

——2016 年 11 月

成功"三气"

成功者

无可置疑都有"三气"——

志气

来自霄汉

骨气

来自梁山

豪气

来自草原

这不是什么惊天的秘密

却不容易转化为财富

——2016 年 11 月 16 日

何为书法

书法？抒发？

什么叫书法？

看过无数种书法，没搞懂什么为书法

所谓法，即为相对固定的范畴、标准

可纵观历朝历代书法，千奇百怪

五花八门，很难称为"法"

因此本人突发奇论：书法，莫非世人搞错了？

书法，即为抒发

只要高兴，想写几个字，就抓起笔来

随意乱写乱画，不用讲规矩谈章法

想怎么写，就怎么写

想怎么画，就怎么画

你不像人家的字，人家也不像你的字

这才是真正的书法

才是你真正的心情抒发

假如有朝一日出名了，即使你的字

只是一堆烂泥巴，也会超过一般人的价码

不是你的字多有章多有法

而是你有着不一般的身价

你看我的这幅春晓手书

哪有章哪有法？只因为我是一名企业老板

才有人高高兴兴将它挂

而我对书法艺术一窍不通

只不过信手提笔，凭感觉在纸上任意抒发

所以我讲胡话：书法，书法，

就是作者的任意抒发

——2016 年 3 月 7 日

清明祭祖——江氏墓地

　　江宁湖熟卧龙岗江氏墓地之一。堂兄江宝华任当地供电局负责人时，湖熟供电站帮办这块墓地，确实显眼。作者及其江姓亲人在世每年都前往。

清明时节菜花黄

全家老小祭祖忙

感恩先祖积善德

后辈繁衍根叶旺

感恩国家方针好

改革开放富一方

渔家后代闯新路

挺直腰背变了样

活的自家都有屋

死的也进卧龙岗（公墓）

坟墓也似别墅区

墓碑贴金闪着光

昔日祖先无居所

死后哪料这风光

年年子孙墓前拜

振振有词像模样

明明做给活人看
传统习俗源远长
不知爹妈在阴朝
是否还是泪汪汪
是否感到肠已直
原谅当年大饿荒
家徒四壁食无谷
屈死安徽孙家庄
孤子流浪江南北
灰堆发热家族旺
前辈有了安息地
安居乐业荫福享
每年清明时节到
聚集卧龙放炮响
鲜花绽放铺墓地
盛赞今世好吉祥

——2016 年 11 月

照片墙

作者湖熟"智慧星座"新居客厅东墙有一块照片墙,全是作者从小到大,从中国到国外,从上层到下层,从穷到富,上千张照片。两侧有作者撰写的楹联。

儿时

茅草屋　泥泞道

贫穷村

在快乐苦难中成长

老来

别墅房　水泥路

现代城

在奋斗成就中闪光

昔日

孤独身　凄凉行

饥肠枯

在孤苦伶仃中展望

今朝

家族旺　事业畅

享福乐

在鲜花掌声中退场

——2017 年

梦想

梦，人人都会有，

我这个穷小子也不例外。

那是一九六七年，

我刚刚二十一虚岁，

文化大革命进入高潮顶峰，

我在化肥厂最低档的岗位上，

做着普通得不能再普通的工作，

在所有人眼中，我，

一无学历，仅是小学生文化；

二无技能，每日只开开氨水泵；

三无关系，安徽逃荒来的孤儿；

四无地位，不起眼的普通小工人……

可不知为什么，

我人小心大，身穷志远，

却老在做着一个美梦，

相信自己总会有那么一天，

我会出人头地，

我会脱颖而出，

我会站在人生的桥头堡上，

傲视一切，

我会将自己变得很有价值，

绝不会是那时三十元一月的工资。

你看，

五十年前，

在我那张二十岁的照片上，

当时我写了什么？

当时我说了什么？

我警示自己要：

"站高点、看远点、

乘风破浪、永远向前！

笑吧，不要抽泣；

看准，须做努力。

努力，下定决心，

去争取胜利！"

这就是我二十一岁时的誓言。

这不是梦想是什么？

在我写这段誓言的当时，

谁也不在意，

谁也不会认为，

我这个小孤儿会有多大出息。

直到我后来，

干出许多惊天动地的事业，

说出许多惊世骇俗的警句，

很多人还说我仅是吹吹牛皮，

更多的还认为我是"白日做梦"……

谁知，

我二十一岁的梦呓誓言，

如今竟——实现。

我用自己的梦想，幻想，畅想，

谱写了自己精彩的人生诗篇，

因此，

梦想，是一个人必有的信念；

梦想，是一个人无穷的动力；

梦想，是一个人成功的秘笈；

如今，

习大大也号召大中华，

中国梦，

梦无形，梦亦有形；

梦不仅是梦，

梦与现实并不遥远；

实现梦想，

也许会在将来，

也许就在眼前，

关键在于我们，

须做努力，努力，

下定决心，

去争取胜利……

——2019 年 2 月

鸭子的妄想

一会儿岸上走，
一会儿水中游。
不知下蛋苦，
只想更自由！

——2020 年 7 月 27 日

栏杆的作用

是怕我掉下去？
还是怕别人进来偷窃？
是盼夜不闭户，路不拾遗？
还是想自由自在等未来？
甭夜想天开了。

是怕花根疯狂外蹿？
还是怕鱼儿跳到埂外？
是想循规蹈矩，各守天地？
还是想随心所欲，无拘无束？！
这是不可能的。
没有规矩不成方圆！

铁的，铝合金的，
铁铸的，石头雕的，
木刻做的，水泥浇的，
不锈钢焊接的，
玻璃板拼装的。
天下栏杆各色各样。
都是人的智慧，

都是神的力量！

人人眼中有栏杆，
户户心里有档绊。
自我约束靠自觉，
制度措施起关键！
栏杆，栏杆，
一防自己被跌陷，
二防他人想暗算！
没有栏杆，大自然会一盘散沙；
没有栏杆，整个世界会战火纷争！
没有栏杆，国家将受人欺凌，
没有栏杆，家家将人亡户灭，
没有栏杆，豺狼虎豹将当道，
没有栏杆，鲜花毒草会难辨！
没有栏杆，真理谬误说不清，
没有栏杆，猴年马月乾坤乱，
没有栏杆，人类不可能到今天。
没有栏杆，实现梦想也图然！

——2020 年 7 月 27 日

台阶

作者一生坎坷，自喻蹦极人生。他在江宁河定桥建了一幢大江会所，里面有四层楼台阶。2010年写了这首诗。

是谁创造了你？
让你伴随着人类，
生生息息，源远流长。

是谁造就了你？
让你承载着时代，
歌歌泣泣，千古咏唱。

记得昨天，
是你使我一步一步，
登上了寻梦的地方。
将我不知不觉引向爱的天堂。

我站在台阶的顶端向下瞰望，
心中荡起了无限的遐想。
我在那里快乐地徜徉，自由地飞翔；
啊……台阶！

原来你竟有这样的幸福力量，
直叫无数的有情人神怡心旷！

可是今天，曲终了，人散了，
我好像被突然调换了一个方向。
发现自己开始一步一履，
退回到了原来的地方，
跌跌撞撞落到了梦碎的现场。
我蹲在底端向上瞭望，
浑身感到无比的凄凉，
精神恍恍惚惚，双眼泪水直淌。
啊……台阶！
原来你还有这样痛苦的功能，
竟让天下有心人哭断肝肠。
神奇的台阶！
梦幻的台阶！

观雨

屋外小雨沥沥，
塘中砸镜点点。
空气酷暑清凉，
美时何日改变？

——2020 年 7 月 28 日

第九辑

歌唱家乡

孙家庄，中华大地一个不出名的地方

1946 年 5 月 28 日，作者出生在安徽和县五显集孙家庄。

孙家庄——

中华大地一个不出名的地方

但这里

却是美丽富饶的鱼米之乡

村前有个莲藕塘

村后有片芦苇荡

村东有块丘陵地

村西水田连成网

农家子弟功夫深

种田做成状元郎

犁成线，耙成网

耧成条，耕成趟

育似画，种似章

栽似绣，播似镶

割如裁，拨如光

刨如舞，挖像量

功夫不负种田人

年年粮食堆满仓

祖祖辈辈吃田饭

天塌下来心不慌

孙家庄——

中华大地一个不出名的地方

但这里

却是生我育我的可爱故乡

春天油菜镶金黄

夏天稻穗儿飘香

秋天鸡鹅鸭欢唱

冬天遍地披银装

爷爷在这里打鱼

爸爸在这里撒网

我也在这里成长

农家小娃童年趣

爱把游戏当真唱

抬花轿，娶新娘

打雪仗，当皇上

猜谜语，捉迷藏

数星星，话月亮

扎猛子，车鱼塘

掸弹子，拍画张

快快活活乐过够

恰似神仙在天上

孙家庄——

中华大地一个不出名的村庄

但这里

却是我永远思念的家乡

无论我走遍海角天涯

无论我住进高楼洋房

可在我的心中

永远难忘的是我的故乡

孙家庄

——2015 年 12 月 19 日

夜幕下的马鞍山大桥

安徽和县五显集孙家庄是作者的第一故乡，地点却是在江北；而作者第二故乡湖熟和工作单位却在江南，来往不方便。人们期盼长江有座大桥，21世纪初，马鞍山大桥终于建成了。

真的很美

美轮美奂

凯旋门朝我跑来

疑是银河落九天

斜拉的力量辐射宇宙之光

彩虹弯曲的空间

等待着夜车穿过跨越长江南北的舞台

——2016年1月1日

寄语马鞍山商会

2014 年 6 月，南京马鞍山安徽商会成立，作者应邀为南京马鞍山商会"和风"书画院会刊题词。

奋一马当先之蹄，
扬万马奔腾之威。
创马到成功之绩，
争安徽商会之光。

——2014 年

过新年了

1996 年，作者回老家安徽和县五显集镇孙家庄过大年。

过新年了

吃大菜了

喝大酒了

到大村庄来了

全是老乡了

全是家人了

全是快乐了

没有大官人了

——2016 年 1 月 3 日

芜湖的铁画

作者的企业产品最早系工艺品行业。与芜湖铁画有交往。

梅兰竹菊，春夏秋冬

书画家永远的题材

艺术家必需的题材

上得了厅堂，进得了书房

芜湖的铁画海内外名扬

铁画艺术，人民大会堂也收藏

中国非物质文化遗产

上千年不衰，一代更比一代强

一旦与金箔艺术结合

光彩夺目，金碧辉煌

满屋添富贵，谁人不赞扬？

我家墙上的梅兰竹菊，愿与微友共欣赏

——2016 年 3 月 2 日

秦淮情怀

一九六四年十月，作者从江宁东山供销社调至江宁化肥厂。就在秦淮河旁边居住和工作有20年。

近居秦淮数十载，
千古传说难忘怀，
天上人间多少事，
流入江海又重来！

——2007年元旦

恭贺东山诗社十周年

金箔集团经济实力雄厚，江宁退休老干部成立东山诗社时，作者被聘为名誉社长。诗社成立十周年时，为他们写了这首诗。

没有哗众取宠，没有轰轰呜呜，
不为名利追逐，不以犬马操作，
只想让感情的词儿尽情跳跃，
只想把心中的歌儿放声唱吟！
啊，东山诗社，东山诗苑！
一班未出名的青年，
一群退二线的老人，
十年默默无闻，
十年辛勤耕耘，
终于引来社会各界的赞誉，
终于引来县委书记的签名。
写诗犹如干事业，
干事业就是写诗，
文如其人，诗如其人，
你同样是我最尊重的人。

——1998 年

满园春

1960 年 5 月作者成为孤儿后，被在江宁湖熟打渔为生的叔叔江开富领养。故湖熟系作者第二故乡。作者在此学习、工作、成业。2018 年，作者在湖熟建盖了一幅农庄，农庄专建一座满园春亭。作者为此撰写了这副楹联。

寒冬草枯容，
雪融竞吐青；
暖春花叶茂，
雨润满园新。

——2019 年

唯留湖熟思故乡

2018 年，作者 72 岁，搬进湖熟新居感慨。

秦淮河水通长江，
长江滚滚入海洋；
江门先祖随波去，
唯留湖熟思故乡。

——2018 年

闲暇在家打油诗

2020 年 5 月 30 日，作者因脑部手术住院半年，出院在湖熟第二故乡疗养。闲暇在家，撰写了这几首打油诗。

（一）

气闷鱼泡翻，

微风见鳞斑。

本是自家塘，

真目待水干！

（二）

只因一口塘，

四周七幢房。

都说环境美，

原来遍地荒。

（三）

春暖鸭先知，

暑夏更自由。

管它四周埂，

眼下我无求！

（四）

不施肥，无人管

勃勃生长靠自然。

多少人工环境树，

遇到风浪腰就弯。

（五）

弧鹭塘边转，

时久不孤单。

冒问鹭家人，

一人也习惯？

春迁新居

庭前桃花开，
喜鹊报讯来。
远方朋友至，
贺祝迁新宅。

——2016 年

思乡亭楹联

作者 1964 年 10 月至 1983 年 11 月在南京江宁最大国营企业江宁化肥厂工作近 20 年。2000 年化肥厂被金箔企业兼并。作者利用原化肥厂小泵房重新建盖了一幢大江会所。园中建一座思乡亭。作者为此撰写这副楹联。

思前、思后、思上、思下、思左、思右，多思方能彻悟，
乡土、乡情、乡风、乡俗、乡音、乡味，少乡乃失根本。

为祖祠江福渔村老年文化活动中心落成撰写楹联

安徽和县白桥镇江福渔村是作者祖祠。2015 年祖祠落成，作者应邀为江福渔村老年文化活动中心撰楹联一副。

福运绵延保佑子孙后辈代代兴旺；

寿星璀璨光照江氏家族平平安安。

后　记

2020 年人们抗疫抗洪，我住院半年多，抗击颅内重症，接连手术两次，走过生死边缘。活了过来，第一件事，就是搜集整理这些年我自己写下的各种诗，出版了这本诗选集。

美好生活是诗是爱，更是迎战各种苦难，甚至是经受生死考验。书中一首首诗的情境，现在读来，依然让自己再一次感慨。

在这些诗歌中，岁月照见的那些年华，今天依旧闪耀着激情奋斗的光芒。光阴如玉，通透澄明。我和诗友们往日在繁忙工作之后，进行关于诗的励志和诗的欢聚，一起作诗读诗和斗诗，不亦乐乎！这些场景，为我的事业鼓励加油，真的不少。

这本《良玉不雕》，依然少不了诗友们的肝胆相照，在此一并致谢——著名诗人冯亦同、龚学明、朱小石和诗人孙拥军、夏才和。

2021 年元月